Franz und Theresa

Für meine Kinder

Justina Bauer

FRANZ UND THERESA

Ghupft wia gsprunga!

Mit Illustrationen von
Claudia Burmeister

KNESEBECK

Inhalt

1

Das Loch im Zaun

In einem kleinen bayerischen Dorf namens Anting, ganz in der Nähe der Berge, wohnten Franz und Theresa. »De Berg san genau in da richtign Entfernung«, sagte Franz immer. So nah, dass man sie gut sieht und schnell dort ist, und so weit weg, dass sie keinen Schatten machen und man mit dem Radl nicht ständig über sie drüberfahren muss. Franz und Theresa waren Nachbarskinder. Franz wohnte mit seiner Familie auf einem großen Bauernhof mit einem Balkon mit vielen Blumen und einem alten Birnbaum im Hof. Er hatte einen großen Bruder und eine kleine Schwester. Auf dem Bauernhof gab es viele Kühe, Schweine und Schafe, Haflinger und ein Pony, zehn verrückte Hühner und die Katze Fritzi. Theresa wohnte in einem kleinen Haus mit grünen Fensterläden neben dem Bauernhof – zusammen mit ihren beiden Mamas, Mama Hanne und Mama Marion.

Zwischen dem Bauernhof und dem kleinen Haus war ein Zaun – ein Zaun mit vielen graugrünen Latten. Den hatte der Großvater vom Franz gebaut. Der Zaun war schon älter und hatte ein Loch an einer Stelle, wo zwei Latten fehlten: genau zwischen einem großen Stein und einer Heckenrose, die im Sommer wunderbar hellrosa blühte und noch wunderbarer duftete. Durch dieses Loch schlüpften Franz und Theresa immer, wenn sie sich besuchen wollten. Über das Loch hatten die beiden ein Schild gehängt: »Durchgang nur für Franz und Theresa erlaubt!« Franz' Bruder Seppi hatte ihnen beim Schreiben geholfen, denn er ging schon in die Schule. Außerdem hing neben dem Loch ein kleines goldenes Glöckchen mit einer Schnur. So konnten sie klingeln, bevor sie durch den Zaun schlüpften, und man wusste gleich, dass da wer kommt.

Das Loch im Zaun gab es schon sehr lange und noch niemand außer Franz und Theresa hatte bisher versucht, durch das Loch zu klettern. Alle befolgten das Schild. Doch eines Tages wollte der Vater vom Franz, der Bauer vom Bachmaier-Hof, durch das Loch schlüpfen. Er suchte Franz, um ihn zum Mittagessen zu holen. Er hatte Kartoffelnudeln gemacht – mit Kartoffeln, die er im Herbst in seinem Garten geerntet hatte und die seitdem im Keller lagerten. Dazu sollte es Apfelmus geben. Das hatte er im Sommer aus den hellgrünen Klaräpfeln aus dem Obstgarten gekocht. Die Kartoffelnudeln brutzelten nun schon fröhlich in der Pfanne. Der Bauer wollte möglichst schnell in den Garten von Theresa und nicht erst auf die Straße und dann zum Gartentor wieder rein. Und so zwängte er sich durch das Loch im Zaun. Doch er war einfach viel zu groß und blieb auf halber Strecke im Zaun stecken.

Er konnte nicht mehr vor und nicht mehr zurück. Er ruderte mit den Armen und strampelte mit den Beinen. Er versuchte vorwärtszurutschen und rückwärtszukrabbeln, aber es half nichts, er steckte fest.

»Saggl Zement«, schimpfte er, »so ein Mist! Jetzt häng i da in dem Loch drin und kimm nimmer raus. Auf der oana Seitn is mei Bauch im Weg und auf der anderen mei Hintern! Was mach i denn jetzt? I muaß dem Franzl schreien, damit der mia huift. Fraaaaaanzl, Hilfe! Franzl!«

Er schrie, pfiff mit den Fingern und klingelte wie wild mit dem kleinen goldenen Glöckchen. In seinen Gedanken wurden die Kartoffelnudeln auf dem Herd immer brauner und brauner, und langsam begann es verbrannt zu riechen, Rauch stieg auf. Er sah die schönen Kartoffelnudeln schon als schwarzen Brocken vor sich und seiner Familie liegen, die in der von Rauchschwaden durchzogenen Küche ausgehungert versuchte, mit Messern und Gabeln Stücke von den harten Kohlebrocken abzukratzen. Dann ihr traurig-vorwurfsvoller Blick, weil sie nun bis zum Kaffee hungern mussten. Bei dieser Vorstellung schrie der Bauer noch mal aus Leibeskräften.

Doch Franz und Theresa spielten auf der anderen Seite von Theresas Haus und der Bauer musste noch zehnmal und noch viel lauter schreien, bis sie ihn hörten.

Inzwischen waren die Hühner vom Bauernhof dazugekommen und gackerten laut herum: *Was ist denn mit unserm Bauern los, gack-gaack, warum schreit der denn so?* Vor allem Henriette, das Oberhuhn, war besonders bestürzt: *Bauer, gack-gaack, was ist denn los mit dir, bist du krank? Wer gibt uns denn jetzt unser Futter? Wer sperrt uns abends ein? Mei, so ein Unglück!* Die Hühner pickten vorsichtig seine Waden an, um zu sehen, ob das half. Das kitzelte den Bauern und er versuchte, die Hühner wegzuscheuchen. »Jetz herds aber glei auf, ihr frechen Viecher! Schleichts eich!« Vergeblich! Die Hühner pickten in Sorge um ihren geliebten Bauern weiter an ihm herum.

Endlich kamen Franz und Theresa und sahen den Bauern im Zaun stecken.

»Ja, Babba, was machts'n du do?«, fragte Franz.

»Frog doch ned so saubläd, des sigt ma doch! I woit di zum Essen hoin und bin im Zaun steckabliebm. Jetzt häifts ma do raus!«

Theresa und Franz erkannten sofort den Ernst der Lage und wollten helfen. Sie zerrten erst am Kopf, dann liefen sie auf die andere Seite und zerrten an den Beinen, aber der Bauer steckte fest.

»Mia san ned stark gnua!«, sagte Franz, »mia schaffn des ned! Mia brauchn Verstärkung.«

Er rannte los und holte Sascha, den Schafbock. Sascha war besonders stark, aber auch etwas stur. Franz band ein Seil um Saschas Bauch und eines um die Beine seines

Vaters. Dann versuchten sie, Sascha zum Ziehen zu überreden: »Auf geht's, Sascha, ziag o! Auf geht's!«

Franz zog am Seil, Theresa schob an Saschas Schafbockpopo. Aber Sascha sah sie nur verwundert an und begann, am Heckenrosenbusch am Zaun zu knabbern.

»Jetzt Sascha, hilf uns halt!«, sagte Theresa vorwurfsvoll. Sie wollte ihn mit einem Büschel Gras in die richtige Richtung locken, aber er bewegte sich nicht. Er war, wie gesagt, ein bisschen stur. Da banden sie Sascha wieder los und er stapfte zurück auf seine Weide zu den Schafen.

»Geh, so werd des doch nix!«, sagte der Bauer, »hoids ma an Opa oder irgendwen anders von de Großn.«

Ihm wurde durch den ganzen Stress und die Kartoffelnudel-Verbrennungsgefahr langsam warm, er begann zu schwitzen und legte seinen Kopf auf die Wiese.

»Du, Franz, ich glaube, er trocknet uns aus!«, rief Theresa besorgt. »Ich hab ein Buch, da geht's um einen Wal, der gestrandet ist, und der trocknet an Land aus. Schau mal, wie der schwitzt!«

Jetzt bekam Franz Angst: »Und was machan de dann in deim Buach mit dem Wal?«

»Sie wässern ihn, damit er nass bleibt«, sagte Theresa, »wir müssen deinen Papa wässern!«

Und schon liefen die beiden und holten ein paar Lappen und eine Gießkanne. Sie machten die Lappen nass und legten sie schön säuberlich auf den Bauern.

»Naa, i glaab's ja ned, jetzt dean de mi wässern! Hörts sofort auf, i werd ja ganz nos«, rief dieser. Er ruderte wie wild mit den Armen.

»Schau, es wirkt schon«, jubelte Theresa, »er wird wieder lebendiger. Hol noch mehr Lappen und mehr Wasser.«

Als der Vater vom Franz ganz mit feuchten Lappen bedeckt war, betrachteten die beiden Kinder stolz ihr Werk.

»Gerettet!«

»Koa Sorge, Babba, du muaßt ned austrocknen«, sagte Franz.

»Naa, bestimmt ned«, seufzte dieser, »mir laft's Wassa scho in d'Untahosn, pfui Deifi! Jetzt hoids mi da endlich raus!«

»Wia geht's denn in deim Buach dann weida mit dem Wal?«, fragte Franz.

»Die Menschen warten, bis die Flut kommt, und ziehen den Wal dann mit einem kleinen Boot ins Meer zurück«, erklärte Theresa.

»Ja, do kennts do in Anting lang warten, bis die Flut kimmt«, **grantelte** der Bauer.

»Da hat er leider recht,« sagte Theresa, »die Flut kommt nur am Meer. So heißt es, wenn das Wasser nach der Ebbe wieder ansteigt.«

»Und koa Boot hamma do aa ned«, stellte Franz fest.

»Wir brauchen einen anderen Plan«, sagte Theresa und setzte sich auf den Stein, um zu überlegen.

Dem Bauern fielen plötzlich wieder die Kartoffelnudeln ein: »Kannt vielleicht zwischendurch oana von eich den Herd ausmacha? Mir verbrennan sonst de Kardoffenudln.«

Franz flitzte sofort los. Theresa setzte sich neben den Bauern und begann, ihm eine Geschichte zu erzählen. Die Geschichte von Walli Weinberg, die ihre Oma so gerne vorlas. Walli Weinberg war eine rundliche Dame mittleren Alters. Sie wohnte alleine in einem braunen Häuschen am Rande einer kleinen Stadt mit Blick auf Felder und Wälder. Walli Weinberg naschte für ihr Leben gerne. Sie liebte alle Formen von Gebäck: salzige Käsestangen, herzhafte Croissants, saftigen Nusskuchen, zuckrige Zimtschnecken und süßen Hefezopf. Am meisten aber liebte sie Weihnachtsplätzchen. Sie backte unzählige Sorten und verputzte fast alle selbst, denn Besuch, den bekam Walli Weinberg selten. Nur die Tiere aus dem nahen Wald kamen zu ihr. Walli Weinberg versorgte sie mit Nüssen, Kastanien und Körnern. Eines Weihnachten hatte es Walli Weinberg mit dem **Schleckern** allerdings übertrieben. Sie hatte am ersten Weihnachtsfeiertag so viele Plätzchen gegessen, dass sie am zweiten Feiertag in der Tür stecken blieb. Sie kam nicht mehr vorwärts und nicht mehr rückwärts und so legte sie sich auf den Bauch und wartete. Nun kamen die Tiere des Waldes und versorgten Walli Weinberg mit Nüssen, Beeren und Früchten. Sie fütterten Walli Weinberg, bis diese so groß und kräftig war, dass sie ihr Haus hochheben konnte. Seitdem zog Walli Weinberg mit ihrem kleinen braunen Haus durch die Welt. Das war einerseits unpraktisch, weil sie nur sehr langsam vorankam und nicht in den Wald oder in die Stadt kriechen konnte. Andererseits aber war es sehr praktisch. Denn wohin Walli Weinberg auch kam, sie fühlte sich dort sofort zu Hause.

»Gäh, Theresa, verzäi doch ned solche Gschichten, do griag i ja Angst«, sagte der Bauer.

»Ach, das wollte ich nicht. Ich wollte dir Mut machen. Dass es immer einen Ausweg gibt«, erklärte Theresa. »Wenn du nicht mehr rauskommst, füttern wir dich einfach, bis du so dick und so stark bist, dass du den Zaun hochheben kannst.« Der Bauer lächelte gequält.

In diesem Moment kam Franz zurück: »Herd is aus. Und, Leidl, i hob do a Idee: Do war doch letztens in de Nachrichten so a Tanker, so a Schiff. Der is in irgendam Fluss steckabliebn, weil er auf Grund glafa is. Vielleicht is da Babba auf Grund glafa?«

»Ja«, rief Theresa und sah nach. »Er liegt mit dem Bauch direkt auf der Erde!«

»Bei dem Schiff ham's den Sand drunter wegbaggert und dann war des Schiff wieder frei.«

»Dann müssen wir die Erde unter deinem Papa wegkratzen.«

»Und dann fluten mir die Mulde und da Babba konn rausschwimma«, ergänzte Franz.

Der Bauer hatte sich inzwischen seinem Schicksal ergeben und hörte gar nicht mehr genau hin, sondern versuchte, sein Mittagsschläfchen vorzuziehen. Erst als Franz und Theresa mit Gartenhacken und einem Wasserschlauch kamen, wurde er misstrauisch: »Woits jetzt Blumen um mi rum pflanzen? I hob fei ned vor, ewig do z'bleibm«, sagte er und legte die Stirn in Falten.

»Na, Babba, mia machan di wieder flott. Du bist auf Grund glafa«, entgegnete Franz und sie begannen, sorgfältig die Erde unter dem Bauern wegzukratzen. Mit der Zeit entstand wirklich eine kleine, erdige Mulde und diese fluteten die Kinder mit dem Wasserschlauch.

Der Bauer wusste nicht, wie ihm geschah. Er lag jetzt – sowieso nass bis auf die Knochen – auch noch in einer matschigen Pfütze, das Wasser lief ihm oben in den Kragen rein und kleine Schlammwellen umspielten seine Füße und sein Kinn. Auf der trüben Brühe schwammen ein paar Gänseblümchen und einige Federn vorbei, die die Hühner in der Aufregung verloren hatten.

»Ich glaube, das reicht«, meinte Theresa fachmännisch. »Ich glaube, er schwimmt jetzt wieder.« Sie wackelte zur Probe an seinem Bein und das ließ sich ganz einfach bewegen.

»Subba«, rief Franz, »der Babba-Tanker ist wieder frei! Jetz schiab ma'n naus!«

»Ja, auf geht's!«, rief Theresa.

Doch als sie den Bauern aus dem Loch rausschieben wollten, bewegte er sich keinen Zentimeter! Weder vor noch zurück.

»Dann liegt er doch noch auf«, schimpfte Theresa, »das Loch ist nicht tief genug.«

»I hoi Spaten und Schaufeln«, wollte Franz gerade sagen, doch da wurde der Bauer richtig **grantig**: »Wehe! Dann spritz i und schrei! Jetzt häifts ma do raus! I schaug aus wia a Sau!«

»Ja, und dreckad bist aa«, stimmte Franz zu.

Die Kinder überlegten. Dann sagte Franz: »Mia brauchma an großen Hammer, dann kemman aus dem Zaun raushämmern. Ich hoi oan.«

»Um Gods Wuin«, rief der Bauer erschrocken, »bittscheen ned. Des duad bestimmt sauweh!«

»Nein, raushämmern geht nicht, glaube ich«, sagte Theresa, »aber Hammer ist keine schlechte Idee. Wahrscheinlich sitzt er in der Breite fest. Wir könnten noch eine Latte aus dem Zaun schlagen und ihn so befreien.«

Theresa lief in die Garage und holte einen großen Hammer. Den hatten sie mal gebraucht, um den Schildkrötenstall zu bauen.

»Aber passts auf, dassz mi ned trefftss«, flehte der Bauer.

Gemeinsam mit Franz hämmerte Theresa eine Latte aus dem Zaun und vergrößerte so das Loch.

»So, des miaßad glanga, ganz so dick bist ja dann doch ned, gäi, Babba«, frotzelte Franz und schaute seinen Vater frech an.

»Du geh, wart nur, bis i draußn bin«, sagte der.

Dann packte jeder von ihnen einen Fuß und sie zogen, so fest sie nur konnten. Hau ruck! Sie stemmten sich ein, strengten sich an. Und diesmal klappte es: *Ritsch!*, landete der Bauer auf der Wiese. Die Hühner klatschten begeistert Beifall: *Bravo, bravo, der Bauer ist frei!*

»Dankscheen, ihr Walretter!«, lachte der Bauer und wischte sich den Dreck von der nassen Hose. »Franzl, kimm zum Mittagessen! Sonst werds Essn koid, wenn's ned eh scho ganz verbrennt is.«

»Geh scho moi vor, Babba, und rua di aus«, rief Franz. »I muaß no die Spuren einer Schnapsidee beseitigen«, das sagte seine Mama immer.

Franz und Theresa wollten die Latte noch zurück an den Zaun nageln, nicht dass jetzt auf einmal alle durch das Loch durchschlüpfen konnten. Sie steckten die Nägel in die alten Löcher und nagelten alles wieder fest. Um wirklich sicherzugehen, dass nicht wieder jemand durchs Loch kroch und stecken blieb, spannten sie auf halber Höhe noch eine Schnur. Und mit einem dicken roten Stift schrieb Franz auf das Schild »Krose Gefa!«. Er konnte nämlich auch schon ein bisschen schreiben.

»So, jetzt deafad nix mehr bassiern.« Franz betrachtete zufrieden die Sicherheitsvorkehrungen.

»Ich glaub auch nicht«, sagte Theresa, »und wenn doch, wissen wir ja, was wir machen müssen.« Dann verabschiedeten sich die beiden.

»**Pfiati**, Theresa«, rief Franz.

»Tschüs, Franz«, sagte Theresa, »bis später!« Und sie kletterte durch das Loch im Zaun – ganz ohne stecken zu bleiben.

Kartoffelnudeln mit Apfelmus

à la Bauer Bachmaier

Zutaten

- 1 Kilogramm mehligkochende Kartoffeln
- 200 Gramm Mehl
- 2 Eier
- 3/4 Teelöffel Salz
- Butterschmalz oder Öl zum Braten

Zubereitung

- Kartoffeln mit Schale weich kochen, dann noch heiß schälen und durch eine Kartoffelpresse drücken. Alternativ kann man sie auch mit der Gabel zerdrücken.
- Mehl, Eier und Salz zu den zerdrückten Kartoffeln geben und das Ganze mit einem Rührgerät mit Knethaken kurz verkneten, damit ein Teig entsteht.
- Teig in drei Teile teilen und jeden Teil auf der bemehlten Arbeitsfläche zu einer langen Wurst rollen – etwa 4 Zentimeter dick. Davon 1 Zentimeter dicke Scheiben abschneiden.
- In einer Pfanne Butterschmalz oder Öl erhitzen und die Scheiben goldbraun von beiden Seiten braten.
- Dazu Sauerkraut oder Apfelmus servieren.

»Und jetzt losssts es eich schmecka!«, wie der Bachmaier-Bauer sagt.

2

Der Knochen des Plateosaurus

Nun war der Frühling in Anting angekommen. An den Bäumen spitzten kleine grüne Triebe und die ersten Krokusse und Schlüsselblumen drückten sich aus der Erde. Der Wind schob kleine Wölkchen über den Himmel. Der war in Anting – wie in ganz Bayern – natürlich immer blau, wenn es nicht gerade regnete oder stürmte oder hagelte oder schneite – also ungefähr genauso oft wie anderswo auch. Franz und Theresa spielten im Sandkasten und freuten sich, dass sie endlich nur noch eine Matschhose anziehen mussten und nicht eine dicke Strumpfhose drunter, die immer so juckte. Heute hatten sie einen Bäckerladen aufgebaut und verkauften Brezn, **Mauraloabi** und normale Semmeln an die neugierigen Hühner vom Bauernhof. Die pickten sich aber nur die Ameisen aus dem Sandgebäck heraus.

Da kam der Vater vom Franz um die Ecke und sagte: »Franzl, i breichad di amoi. Hädst Zeit, dassd ma aufm Ruamacka de gräsdn Stoana außa **glaubst**?«

Er hatte den Rübenacker hinterm Bauernhof umgeackert und wollte nun die Steine loswerden. Die großen Steine, die beim Ackern an die Oberfläche kommen, stören nämlich die dicke Hertha, die Maschine, die später die Rüben erntet. Franz **zog eine Lätschn**. Er hatte keine Lust, das Bäckerspiel zu unterbrechen.

»Muaß i?«, fragte er.

»Naa, du muaßt natürlich ned, Franzl. Du bist a Kind. Aber gfrein dad i mi, wennst ma a bisserl huifst«, sagte der Bauer.

»Ich mach auch mit!«, rief Theresa. »Komm! Zusammen geht's schneller.«

»Na guad, in Gotts Nam.« Franz war einverstanden. Theresa sagte noch schnell zu Hause Bescheid und dann gingen sie auf den Acker.

Sie sollten die großen Steine finden und sie auf Haufen auf dem Acker legen, damit der Vater vom Franz sie dann mit dem Schubkarrn abholen konnte. Sie bekamen noch feste Arbeitshandschuhe und dann stapften sie mit ihren Gummistiefeln los. Es war ganz schön anstrengend, über die großen Erdbrocken zu laufen. Immer wieder blieben die Stiefel in den Spalten stecken oder sie stolperten über besonders große Brocken.

»Mia san richtige Bergsteiger!«, sagte Franz. Langsam begann ihm die Sache Spaß zu machen.

»Genau!«, rief Theresa, »wir könnten doch spielen, dass wir dieses riesige Gebirge hier erforschen.«

»Guade Idee! Und mia miaßn natürlich Gesteinsprobn sammen, de ma dann dahoam im Labor untersuacha kenna.«

Jetzt waren sie Feuer und Flamme, sie sprangen nur so auf dem Acker herum, um die größten Steine zu finden.

»Ui, schaug amoi, wos i für an großn Stoa gfundn hob!«, rief Franz.

»Der ist ja toll.« Theresa hopste herbei. »Leg ihn gleich da auf den Haufen, dann kann ihn unser Assistent gleich abholen und ins Labor fahren.«

»Genau, da Babba is unser Assistent!«, gluckste Franz.

Als sie einen großen Haufen zusammen hatten, rief er: »Herr Assistent, kanndst du bitte diese Gesteinsproben abhoin und ins Labor fahrn?«

Der Bauer kam mit seinem Schubkarrn angekurvt, schaute den Franz ziemlich komisch an und fragte: »Wo soi i de Stoana hibringa? Und wer bin i?«

»Ins Labor, mia forschen und miaßn de Stoana dann untersuacha. Und du bist unser Assistent.«

Der Vater vom Franz verstand noch nicht so ganz, was los war, aber er wollte der Forschung natürlich nicht im Weg stehen. Er lud die Steine auf den Schubkarrn und fuhr sie an den Feldrand. Dort schichtete er sie zu einem großen, länglichen Haufen auf. Eigentlich hatte er gedacht, dass darin Eidechsen und Schlangen leben könnten, aber wenn sie jetzt für die Forschung gebraucht würden, auch ok.

Franz und Theresa hatten sich inzwischen ein bisschen ausgeruht und machten sich wieder ans Werk. Der Rübenacker war ziemlich groß und die beiden ziemlich klein. Nach einer Weile sagte Franz erschöpft: »Des schaff ma ja nia, de ganzn Stoana aus dem Acker z'**glaubn**.«

»Wir würden's schon schaffen, Schritt für Schritt«, sagte Theresa, »aber ich weiß nicht, ob ich so lange Lust hab. Aber ein bisschen geht schon noch.«

Und so stapften sie weiter und warfen die großen Steine auf einen neuen Haufen. Als Theresa gerade einen besonders großen Stein aufheben wollte, stockte sie. Sie konnte ihn nicht aus der Erde ziehen. Sie zog und zerrte, sie drehte und wackelte, sie grub und drückte, doch der Stein saß fest.

»Franz, ich krieg den Stein hier nicht raus, der ist riesig und total fest.«

Franz rannte herbei und wollte ihr helfen. Zusammen versuchten sie es noch einmal. Sie zogen und zerrten, sie drehten und wackelten, sie gruben und drückten, doch der Stein saß fest.

»Das gibt's doch nicht«, japste Theresa und ließ sich auf den Boden plumpsen.

»Mia miaßn den Riesenstoa ausgrobn«, rief Franz, lief zum Schuppen und holte zwei Schaufeln. Gemeinsam schaufelten sie die Erde um den Stein weg. Dann versuchten sie es wieder: ziehen und zerren, drehen und wackeln, graben und drücken, doch der Stein saß immer noch fest.

»Noch tiefer!«, rief Theresa und sie gruben tiefer. Der Graben um den Stein war nun so tief, dass Theresa bis zum Po verschwand, wenn sie sich reinstellte. Doch sie konnten ihn immer noch nicht rausholen. Als sie ihn so ansahen, bemerkten sie plötzlich, dass der Stein eigentlich gar nicht aussah wie ein Stein: Er hatte oben einen dicken Knubbel und wurde dann aber dünner. Und dieser dünne Teil steckte senkrecht in der Erde. Franz und Theresa waren jetzt so warmgelaufen, dass ihnen beim Graben der Schweiß in die Augen lief. Als sie noch mehr freigelegt hatten, sagte Franz: »Des is koa Stoa! Des schaugt aus wia a riesiger Knocha.«

Theresa pflichtete ihm bei: »Stimmt, wie der Riesenbruder von dem Knochen, den wir dem Hund vom Huaba-Bauern gegeben haben!«

»Kimm, mia grobn weida!« Franz war ganz begeistert. »Mia griang den scho raus!«

Und so gruben und gruben sie, bis der Vater vom Franz rief: »Wos machts ihr denn? Der Herr Assistent breichad amoi wieder a boor Stoana!«

»Babba, kimm schnäi, mir ham wos total Groß's gfundn!«, schrie Franz über den Rübenacker.

Der Bauer eilte herbei und staunte nicht schlecht, was die beiden Kinder da ausgegraben hatten. »A normaler Stoa is des aber ned!«, brummte er. »Sowas hob i do ja no nia ned auf meim Ruamacka gseng.«

»Naa, des is a riesiga Knocha, Babba!«

Der Bauer kratzte sich am Kopf. Das Ding sah wirklich aus wie ein großer Knochen. »Aba vo welchm Viech soi denn der sei?«, fragte der Bauer. »Der is ja vui gressa wia der Knocha von ara Sau oder von ara Kua.«

»Der is gressa wia a ganze Sau oder a ganze Kua«, rief Franz. »Der muaß von am Elefant sei.«

»Aba bei uns gibt's doch gor koane Elefantn«, entgegnete der Bauer. »Und außerdem ist der Knocha aa für an Elefantn z'groß.«

»Dann gibt's nur noch eine Erklärung«, sagte Theresa, »er ist von einem Dinosaurier!«

»Ah, gäh, do bei uns auf meim Ruamacka a Dinosaurier?«, stammelte der Bauer.

»Ja«, rief der Franz, »genau, des is die Erklärung!« Er war sehr aufgeregt und hatte einen hochroten Kopf. »Krass, mia ham an echtn Dinosaurierknocha gfundn!«

Franz und Theresa interessierten sich sehr für Dinosaurier. Zu Weihnachten hatte Theresa ein Buch bekommen, in dem fast alles über Dinosaurier drinstand, und Franz eines, in dem das Skelett eines *Stegosaurus* aus Pappe zum Aufbauen drin war. Außerdem hatten sie noch einige Dinos aus Holz, Plastik und Stoff. Damit hatten sie im Winter immer gespielt und aus grünen Tüchern und den Kakteen vom Franz seinem Opa Urwaldlandschaften für die Urzeittiere aufgebaut. Und nun – sie konnten es kaum glauben – lag da vor ihnen im Rübenacker vielleicht, nein bestimmt, ein echter Dinosaurierknochen!

Der Bauer kratzte sich wieder am Kopf und überlegte. Dann kratzte er sich noch mal und sagte: »Mia miaßn de Mama hoin.« Das sagte er immer, wenn er gar nicht mehr weiterwusste. Wenn er nur *nicht mehr* weiterwusste, holte er den Opa, aber wenn er – so wie jetzt – *gar nicht mehr* weiterwusste, holte er seine Frau, die Mama vom Franz, die Christine.

»De Christine is der gscheidaste Mensch, den i kenn«, sagte der Bauer immer. Und Franz fand, das stimmte. Seine Mama arbeitete nämlich an der Universität in München. Sie war Forscherin und kannte sich sehr gut mit minikleinen Teilchen aus, die man nicht sehen kann. Das allein war noch nicht so hilfreich, fand Franz, aber sie wusste meistens eine Lösung, wenn etwas Unerwartetes passierte – oder sie dachte so lange nach, bis ihr eine einfiel. Jetzt war sie gerade aus München zurückgekommen und der Vater vom Franz holte sie aufgeregt auf den Acker.

»Christine, du muaßt schnäi kemma und dir des oschaung! De Kinder ham an riesign Knocha gfundn.«

Die Mama vom Franz schlüpfte ebenfalls in ihre Gummistiefel und kam auf den Acker. Sie kniete sich runter, betrachtete den Knochen, legte den Kopf schief, tastete und klopfte, zwickte die Augen zusammen und sagte – nichts. Franz wurde ungeduldig: »Mama, des is doch a Dinoknocha, oder?«

»Oiso, es hod de Form von am Knocha und klingt aa a bisserl hohl. Für a Viech von uns is' z'groß.«

»Ja, das haben wir auch schon gesagt«, unterbrach sie Theresa. »Also muss es ein Knochen von einem Dinosaurier sein.«

»Es is sehr unwahrscheinlich, aber es kannt theoretisch sei«, sagte die Mama vom Franz. »Wenn, dann waar des a Sensation. Bei uns do is no nia wos von am Dinosaurier gfundn worn. Bloß in Nürnberg, glaab i.«

Franz hüpfte komplett begeistert auf und ab.

»Aber sicher kemma erst sei, wenn des ein Experte ogschaugt hod«, sagte die Mama vom Franz.

»Aba du bist doch a Experte«, meinte Franz.

»Naa«, lachte sie, »i bin koa Experte für Dinosaurier. I kenn aber oan. Da Jacques, der mit mia studiert hod, is inzwischen Paläontologe, oiso Dinosaurier-Forscher. Den ruaf i o.« Und sie zückte ihr Handy, erzählte dem verdutzten Jacques die ganze Geschichte und der versprach, sich sofort ins Auto zu setzen und zu kommen.

Es dauerte keine Stunde, da brauste ein dunkelgrünes Auto auf den Hof der Bachmaiers und Jacques stieg aus. Er hatte dunkle, längere Haare, elegant zurückgekämmt, trug eine feine beige Hose und ein schillerndes Hemd, lange, spitze Schuhe und einen burgunderfarbenen Schal. Er hüpfte aus dem Auto und rannte auf die Mama vom Franz zu. Er gab ihr links und rechts und links ein Küsschen auf die Backe und rief: »Christine, ma chérie, wie schön, dass wir uns wieder einmal sehen. Isch hoffe, es geht dir gut! Isch bin ja so gespannt, habt ihr wirklisch eine eschte Knochen von einem Dinosaurier gefunden? Incroyable, isch kann es gar nischt glauben. Wo ist das gute Stück? Bitte, zeigt es mir, isch bin ja so gespannt! Es kann eigentlisch gar nischt sein, in diese Gegend haben wir noch nie Fossilien gefunden, aber man weiß ja nie, es gibt immer Überraschungen!«

»Der red aber schnäi und vui«, flüsterte Franz Theresa zu. Theresa nickte und lachte.

»Und sind das deine Kinder, Christine? Das ist ja wirklisch wunderbar! Und euer Bauernhof, so malerisch und idyllisch, habt ihr wirklisch eschte Kühe? Incroyable!«

»Äh, der Knocha waar do hintn aufm Acker!«, warf Franz vorsichtig ein. Er wollte verhindern, dass Jacques sich jetzt von den Kühen ablenken ließ. Kühe waren ja toll, aber sie waren jeden Tag da und kein bisschen ausgestorben oder versteinert. »Mia kanntn Sie hiführn, die Theresa und i ham den Knocha nämlich gfundn.«

»Oh, das ist ja wunderbar, zwei Kinder als Finder, isch bin begeistert!«

Franz nahm das als Ja und ging mit Theresa voran zum Rübenacker.

Jacques kletterte mit seinen feinen Schuhen den anderen nach über die Erdklumpen bis zu der Stelle, an der Franz und Theresa den Knochen gefunden hatten. Als er den riesigen Knochen sah, klopfte sein Forscherherz wie wild. Er schaute sich alles ganz genau an, steckte den Kopf in das Loch, klopfte vorsichtig an den Knochen, dann rief er: »Das ist ja wirklisch unglaublisch, incroyable, das könnte tatsäschlisch ein Knochen von einem Dinosaurier sein!«

Er nahm die Schaufel und grub vorsichtig noch etwas tiefer um den Knochen herum. Dann rannte er wie von einer Wespe gestochen zu seinem Auto und kam mit einem dicken Buch zurück, das vom vielen Lesen schon ganz zerfleddert war. Er blätterte wild darin herum und murmelte: »*Compsognathus*, non, zu klein, *Tyrannosaurus rex*, non, falsche Form.«

»Vielleich is' ja a *Diplodocus*?«, warf Franz ein.

Jacques überlegte: »Nein, isch glaube nischt. Das sieht mir hier nach einem Oberschenkelknochen aus und der wäre beim *Diplodocus* viel größer. Außer es ist ein Jungtier …« Er blätterte weiter: »*Pteranodon*, non, der hier war zu groß und zu schwer zum Fliegen. *Ichthyosaurus*, non, ein Fischsaurier ist es nischt.«

»Käme ein *Ankylosaurus* infrage?« Die riesige gepanzerte Echse mit der gewaltigen Keule am Schwanz war Theresas Lieblingsdinosaurier.

Jacques schüttelte den Kopf: »Nein, der hatte auch keine so langen Knochen.«

Nun war er schon fast am Ende seines Buches angekommen, zwischen seinen Augen war vor Konzentration eine tiefe Falte entstanden. Plötzlich glättete sich sein Gesicht: »Voilà, das könnte passen! Es könnte ein *Plateosaurus* sein. Zweibeiniger Pflanzenfresser, kleiner Kopf, kräftige Hinterbeine, jajaja, vier bis acht Meter groß, Gewischt bis zu vier Tonnen. Lebte vor ca. 200 Millionen Jahren, Verbreitungsgebiet: Mitteleuropa. Das könnte passen. Incroyable, das wäre der erste Fund hier in Oberbayern!«

Jacques klatschte in die Hände. »Christine, ma chérie, wir müssen hier weitergraben, die ganze Acker. Wo ein Oberschenkelknochen ist, ist meistens auch noch ein Unterschenkelknochen und noch mehr!«

»Sepp, i glaab, die Ruam miaßma heia wo anders obaun«, sagte die Mutter vom Franz zu ihrem Mann.

Der nickte, er hatte es sich schon gedacht, er kannte ja den Forscherdrang seiner Familie. Und ganz nebenbei war er auch sehr gespannt, wie es mit dem *Plateosaurus* weiterging.

»Aber jetzt machma erst amoi Brotzeit«, sagte die Mama vom Franz.

»Aber nein, Christine, isch lasse doch den Knochen nischt allein«, entgegnete Jacques.

»Genau, Mama, mir lossn doch unsan Plati ned alloa do aufm Acker!«, stimmte Franz ihm zu. Und so schleppte Familie Bachmaier einen Tisch, Stühle und die gesamte Brotzeit auf den Rübenacker und es gab Abendessen im Braunen.

»Und wia geht's jetzt weida mit unsam Knocha?«, fragte Franz, nachdem er sich zwei Radieserl-Brote einverleibt hatte.

»Wenn ihr einverstanden seid, hole isch morgen meine Assistentinnen und Assistenten und dann graben wir los. Bis dahin müssen wir die Fundstelle bewachen. Isch werde hier übernachten, hier auf dem Acker!«

»Willst du ned doch lieber bei uns im Gästezimmer schlafen?«, fragte Christine. »Nein, isch lasse doch den Plati nischt alleine, vor allem nischt in der Nacht!«

»Wir machen auch mit!«, rief Theresa.

Sie übernahm mit Franz die Abendschicht, damit Jacques ein paar Telefonate machen konnte. Jacques wollte die Nachtschicht machen. Er holte ein Wurfzelt, eine Isomatte, einen dicken Schlafsack und eine Wollmütze aus dem Auto und bereitete sich ein Nachtlager direkt neben dem Knochen. Franz brachte ihm noch einige Wärmflaschen und eine Thermoskanne mit heißem Tee. Er und Theresa hätten zu gerne neben ihm im Zelt übernachtet, aber ihre Eltern erlaubten es leider nicht – es war noch zu kalt. So gingen sie in ihre Betten und konnten vor Aufregung schlecht einschlafen. Franz stand sogar noch mal auf und fragte seinen Vater: »Du, Babba, wos hoaßt eigentlich ›incroyable‹? Des sogt da Jacques dauernd.«

»Des is Französisch und hoaßt ›unglaublich‹«, antwortete der.

»Aha, des muaß i ma merka«, murmelte Franz und tapste in sein Bett.

Am nächsten Tag rückten die Assistentinnen und Assistenten von Jacques an. Sie hatten Schaufeln und Hacken dabei und gruben in den nächsten Wochen den ganzen Rübenacker um. Franz und Theresa halfen mit, sooft sie Zeit hatten. Sie fanden noch den Knochen vom zweiten Oberschenkel, zwei vom Unterschenkel, von den Zehen, der Wirbelsäule, den Rippen, vom Schädel und den Armen. Das Skelett des *Plateosaurus* war damit vollständig – bis auf einen einzigen Knochen von der Schwanzwirbelsäule. Nach diesem allerletzten Knochen suchten sie noch mal drei Tage und gruben den ganzen Acker noch mal um, aber er blieb unauffindbar.

»Jetzt haben wir alle Knochen gefunden von unsere *Plateosaurus*, nur dieser eine bleibt verschwunden, incroyable!«, rief Jacques, »ein einziger Knochen von der Schwanzwirbelsäule fehlt uns zu einem kompletten Skelett. Merde!« Doch es half nichts, der Knochen blieb verschwunden.

Die anderen Knochen wurden zum Schutz in Gips eingegossen und auf einen Anhänger verladen. Der brachte sie alle nach München. Dort sah Jacques sich alle Knochen noch mal ganz genau an und machte Abdrücke von jedem einzelnen. Er hatte nämlich mit Franz und Theresa den Plan geschmiedet, das Skelett des *Plateosaurus* wieder richtig und komplett aufzubauen. Es sollte dann im Naturkundemuseum in München einen Platz bekommen.

Einige Monate später war die Aufregung groß: Franz und Theresa durften beim Aufbauen des Skeletts mithelfen. Zusammen mit Jacques setzten sie zuerst die Füße und Beine zusammen, dann den Rücken und den Schwanz und zuletzt den Kopf. Den fehlenden Knochen in der Schwanzwirbelsäule ersetzten sie mit einer großen roten Kugel, damit man genau sah, dass da was fehlte. Um das Skelett spannten sie ein Viereck aus dickem Seil, damit niemand aus Versehen an den *Plateosaurus* stieß. Und davor brachte Jacques ein goldenes Schild an, auf dem stand: *Plateosaurus Antingiensis*, genannt Plati, gefunden von Franz Bachmaier und Theresa Solms in Anting, Deutschland.

Bei der großen Eröffnung des neuen Dino-Exponats durften Franz und Theresa im Museum noch mal die ganze Geschichte erzählen, wie sie Steine aus dem Rübenacker gesammelt hatten und dann den Knochen des *Plateosaurus* gefunden hatten. Jacques berichtete, wie sie dann die restlichen Knochen ausgegraben und das Ganze zu einem prächtigen Skelett zusammengesetzt hatten. Zum Schluss hob er sein Apfelsaftglas und sagte: »Meine sehr verehrten Damen und Herren, Sie werden es nischt glauben, aber wir haben fast alle Knochen im Acker von Bauer Bachmaier gefunden. Eine Sensation, incroyable! Nur einen Knochen, den elften Wirbel von der Schwanzwirbelsäule, den konnten wir nischt finden. Trotzdem ist es eine wunderbare Skelett und ich freue misch sehr, dass isch es heute hier mit Franz und Theresa einweihen darf.«

Das Publikum wollte gerade klatschen, da stand plötzlich der Vater vom Franz in der letzten Reihe auf und rief: »Moment, des is no ned as Ende! I hob do no wos. Wia i nämlich vor Kurzem mei Ruam-Erntemaschin, de dicke Hertha, für die Ernte putzt hob, do hob i in ihrem Bauch wos gfundn: sieben große Stoana und«, er hielt ein großes braunes Ding hoch, »einen Knochen. Und wenn mi ned ois deischt, is des der letzte Knocha vom *Plateosaurus*!«

Theresa, Franz und Jacques starrten den Bachmaier-Bauern an, der den fehlenden Wirbel hochhielt, und riefen wie aus einem Mund: »Incroyable!«

Ausflug zu den Dinos im Altmühltal

Mal ehrlich: Dass man daheim auf dem Rübenacker ein ganzes Dino-Skelett findet, kommt nicht so oft vor! Wer hat schon einen eigenen Rübenacker zu Hause? Wer aber trotzdem ein bisschen Paläontologe oder Paläontologin sein will, der kann einen Ausflug ins Altmühltal in der Nähe von Ingolstadt machen. Dort gibt es:

1. Steinbrüche, wo man selbst mit Hammer und Meißel nach Fossilien suchen kann. Gegen eine Einritts- und Leihgebühr bekommt man Werkzeug und darf nach Herzenslust klopfen und suchen. Zu finden sind versteinerte Ammoniten, Pflanzen und Fische. Und wer ganz viel Glück hat, findet einen weiteren *Archaeopteryx*!

2. Museen, in denen man Fossilien bestaunen kann und ganz viel über Dinosaurier erfährt. Zum Beispiel im Dinosauriermuseum Altmühltal, im Jura-Museum Eichstätt oder im Museum Solnhofen, wo das weltberühmte Fossil des *Archaeopteryx* ausgestellt ist.

Viel Spaß beim Suchen, Finden und Staunen! Es wird in jedem Fall incroyable!

3

Kommando Streithansl

»Deine Bonnenslumen hängan scho wieder zu mir rüber!« Der Unterberger Xaver stand am Zaun und schrie. Er hatte seine Arme in die Seiten gestemmt, die Augenbrauen zusammengezogen und den Kopf weit nach vorne gestreckt. Der Unterberger Xaver war etwa sechzig Jahre alt, hatte ein rundes Gesicht mit einem grauen Bart, buschige Augenbrauen und oben auf dem Kopf ziemlich wenig Haare. Sein Bauernhof stand an der Dorfstraße in Anting ziemlich genau gegenüber vom Franz seinem Bauernhof. Gleich neben dem Bauernhof vom Unterberger Xaver war der Bauernhof vom Böck Anton. Der Böck Anton war auch ungefähr sechzig Jahre, viel größer als der Unterberger Xaver, hatte einen Stoppelbart und fast immer einen Hut auf. Der Böck Anton stand jetzt auf der anderen Seite des Zaunes und schrie zurück: »D-d-des is bloß, weilst du im Winter oiwei dei Vogelfuada umaschmeißt und dann so vui Samen aufgengan, du Haubntaucha! Und a-a-außerdem hoaßt des Sonnenblume.«

»Sog i doch, Sunnenblome!«, schrie jetzt wieder der Unterberger Xaver. »Und außerdem stinkt dei Mefferpfinze, dass oam schlecht wead.«

»D-d-des hoaßt Pfefferminze, du Aff!«

»Sog i doch, Pinzermeffe, du hamischer Dirsch!«

»D-d-damischer Hirsch hoaßt des!«

»Sog i doch, dimischer Harsch!«

So ging es noch eine ganze Weile weiter und Franz und Theresa, die gegenüber auf ihrem Stein saßen und **Neinerln** spielen wollten, kamen ständig draus, so laut tönte das Gestreite über die Straße. Schließlich gaben sie auf und spielten hinterm Haus Nicht-den-Boden-berühren.

Beim Abendessen fragte Franz seinen Opa, warum denn der Unterberger Xaver und der Böck Anton eigentlich dauernd streiten: »Richtige Streithansl san des!«

»Do host recht«, pflichtete der Opa ihm bei und erzählte, dass sich die beiden schon gestritten haben, als sie kleine Buben waren. Und ihre Väter hatten sich auch schon gestritten und die Großväter auch. Der Großvater vom Unterberger Xaver hatte den Großvater vom Böck Anton sogar mal schlafend auf seinen Misthaufen getragen und mit getrockneten Kuhfladen zugedeckt. Als Rache hatte der alte Böck Anton dann dem alten Unterberger Xaver einen Ameisenhaufen in seine Gummistiefel gefüllt.

»Pfui Deifi«, rief Franz.

»Und wia hod de Streiterei ogfanga?«, fragte dem Franz seine Mutter Christine.

Doch darauf wusste selbst der Opa keine Antwort. »De zwoa Familien streitn scho, seit i denga kon.«

»Saubläd, dass de aa no Nachbarn san«, warf Seppi ein.

»Wenn i mi recht erinner«, erzählte der Vater vom Franz, »woitn de scho amoi wegziagn wega dem Streit, aber dann hom se si so gstrittn, wer ois ersta die Idee mim Wegziagn ghabt hod, dass am End koana mehr weg-zogn is.«

»Stimmt, des hob i scho wieder ganz vergessen«, lach-te der Opa.

Plötzlich schlug Seppi sich mit der Hand an den Kopf und rief: »Des is es! Des is die Idee!«

Die anderen schauten ihn ratlos an.

»I brauch doch a guade Tat. Für d'Schui, für Reli, do muaß jeder a gute Tat machen. Des is so a Aufgabe.«

Die anderen schauten ihn noch ratloser an.

»Mei, checkts ihr des ned? A gute Tat, irgendwos, wos den Herrgott gfreid. Und i denk mir wos aus, damit si der Unterberger Xaver und der Böck Anton wieder vertrogn. Des guit bestimmt.«

Die anderen lachten und der Opa sagte: »Des daad bestimmt gäitn, aber i wissad nix, wos de zwoa wieder zambringad. Mach doch wos Einfacheres. Huifst ma beim Hoizaufrichtn oder duast de Sauerampfer aus da Wiesn stecha.«

Seppi verdrehte die Augen. »Naa, des mach i doch eh schon immer. Des glangt am Herrgott ned. Mia foid scho wos ei, ihr werds es scho seng«, prophezeite er.

Drei Tage später kam Seppi ganz zufällig zum Stein geschlendert, als Theresa und Franz dort mit ihren Straßenkreiden malten.

»Daads ihr mia vielleicht häifn?«, fragte er.

»Bei was denn?«, fragte Theresa zurück.

Da erzählte ihr Seppi von seiner Aufgabe mit der guten Tat und gestand den beiden, dass ihm einfach nichts einfiel, wie er die beiden Streithansl versöhnen könnte.

Franz und Theresa waren Feuer und Flamme: »Klar machen wir mit!«

»Mia brauchan aber no an coolen Namen für unser Einsatzkommando«, meinte Franz.

»Unterberger-Xaver-Böck-Anton-Versöhnungsgruppe«, schlug Seppi vor.

»Viel zu lang!«

»Und zu auffällig«, sagte Franz, »vielleicht Bande SFT für Seppi, Franz und Theresa.«

Doch das fand Theresa zu langweilig. Sie schlug Kommando Streithansl vor und die anderen waren begeistert. Einsatzzentrale war der Stein beim Loch im Zaun, denn von dem aus hatte man die beiden Bauernhöfe der Streithansl auf der anderen Straßenseite gut im Blick. Die nächsten Stunden vergingen mit Pläneschmieden. Dann wurden zwei silberne Kuchengabeln an lange Schnüre gebunden, ein kleiner Tisch mit zwei Stühlen über die Straße geschleppt und an Theresas Mama Marion so lange **hingebenzt**, bis sie mit ihnen einen Gugelhupf backte. Der Plan war nämlich folgender: Die Mitglieder vom Kommando Streithansl stellten den kleinen Tisch auf die Grenze zwischen das Grundstück vom Unterberger Xaver und das vom Böck Anton. Dann legten sie die beiden silbernen Gabeln vor die Haustüren der Streithansl und spannten die Schnüre bis zum Tisch und dann über die Straße zur Einsatzzentrale. Franz und Theresa sollten gleichzeitig bei den beiden klingeln, die kommen raus, sehen die Gabeln, dann zieht Seppi langsam an den Schnüren, die Streithansl gehen hinterher bis zum Tisch. Auf dem steht der Gugelhupf mit Schokoglasur und vielen Smarties verziert. Sie sehen den Kuchen, sind total begeistert, setzen sich hin, essen, vergessen über dem köstlichen Kuchen ihren Streit und vertragen sich ab jetzt.

Als alles vorbereitet war, gab Seppi aus der Einsatzzentrale einen Pfiff ab, Franz und Theresa klingelten und flitzten wie die Wilden zurück. Ganz nach Plan trat zuerst der Unterberger Xaver vor die Tür und kurz darauf der Böck Anton. Sie schauten sich um, erblickten die Gabeln und wollten sie aufheben. Doch da zog Seppi an den Schnüren, die Gabeln flutschten davon und die Streithansl liefen hinterher. Bis sie schließlich beim Tisch mit dem Gugelhupf ankamen. Sie schauten auf den Gugelhupf, sie schauten sich an und der Unterberger Xaver schrie: »Warum stäist du dein Huglgupf an mein Zaun?«

»D-d-des is ned meiner, du Gsichtskrapfn, und außerdem hoaßt des Guglhupf.«

»Sog i doch, Gupflhug, du sauade G'sting!«

»D-d-des hoaßt gstingade Sau!«

»Sog i doch, gstaungade Si!«

Sie schnaubten sich wütend an und griffen beide gleichzeitig nach dem Kuchen. Sie zogen und zerrten, bis er in der Mitte auseinanderbrach und jeder mit einem halben Gugelhupf abdampfte. Die Kommando-Streithansl-Kinder sahen noch, wie der Böck Anton herzhaft hineinbiss, und dann verschwanden beide in ihren Häusern.

»Des hod schomoi ned glappt«, stellte Franz fest.

Theresa schüttelte den Kopf. Seppi starrte ins Leere, doch dann hellte sich seine Miene auf: »Des is gor ned schlecht, wenn's ned auf Anhieb glappt. Dann sigt da Gott, dass i mia echt a schwaare Aufgab ausgsuacht hob und mi ostreng.«

»Dann überlegen wir halt jetzt was Neues«, meinte Theresa. »Sie hätten wenigstens den Kuchen dalassen können, dann hätten wir jetzt was zum **Schleckern**.«

»Vielleicht brauchn mia aa einfach no Decknamen«, überlegte Franz. Das fanden die anderen gut und sie einigten sich nach kurzer Diskussion auf die Decknamen Gisela für Theresa, Schakal für Franz und Kornspitz für Seppi.

Und so saßen Gisela, Schakal und Kornspitz ohne Kuchen, aber mit supergeheimen Decknamen den ganzen Nachmittag in der Einsatzzentrale und tüftelten an einem neuen Plan.

Hinter den Häusern der beiden Streithansl lag ein kleiner Weiher. In dem kleinen Weiher gab es einige Zander und viele Karpfen. Die Kinder gingen manchmal hin und fütterten die Fische mit altem Brot. Die beiden Streithansl kriegten sich regelmäßig beim Fischen in die Wolle, ob ein Karpfen nun dem einen oder dem anderen gehörte. ›Du stinkender Fischkopf‹, ›du deppertes Glotzauge‹ und ›du schuppige Schwanzflosse‹ waren noch die nettesten Schimpfwörter, die sie sich quer über den Weiher an den Kopf warfen, gefolgt von ›du angeschimmelte Forelle‹, ›du verfaulter Schlammkarpfen‹ und ›du modriger Weiherhecht‹. Nur Fischotter, so hatten sie sich noch nie genannt. Denn vor dem Fischotter hatten beide Angst – also davor, dass er in ihren Weiher kommt und ihre Karpfen frisst. Das mag der Fischotter nämlich besonders gern: Fisch. Drum heißt er auch so. Sonst hieße er ja Fleischotter oder Gemüseotter.

Diese Angst vor dem Fischotter machte sich das Kommando Streithansl nun zunutze. Sie planten, dass der Unterberger Xaver und der Böck Anton einen Fake-Fischotter in ihrem Weiher entdecken und durch das Treffen auf den gemeinsamen Feind ihren Streit begraben. Und so sah man am nächsten Tag in der Früh einen Fischotter über den Weiher gleiten. Die Kinder hatten ihn aus Pappmaschee gebastelt, mithilfe von Seppis ›Was lebt in Tümpel, Teich und See‹-Buch täuschend echt angemalt, mit Steinen beschwert, dass gerade der Kopf rausschaute, und an drei Perlonschnüre geknüpft. Nun saßen Gisela, Schakal und Kornspitz versteckt in den Büschen am Rand des Weihers und zogen ganz langsam an den Schnüren. Einer rief immer leise den geheimen Decknamen eines anderen und der zog dann an der Schnur, sodass der Pappmaschee-Fischotter über den Weiher hin und her schwamm.

Der Unterberger Xaver entdeckte das Tier als Erster und schrie so laut, dass der Böck Anton gleich aus dem Haus gestürmt kam: »Du host an Ischfotter in mein Weia glockt. Des kimmt bloß, weilst du am Ufer so viu Graffe rumflacka host. Des mog der, do versteckt er sich.«

»D-d-des stimmt gor ned, du host den vui gresan Saustoi und außerdem des is mei Weia, d-d-du hinterfoziger Hundsgrippe. Und außerdem hoaßt des Fischotter!«, schrie gleich darauf der Böck Anton.

»Sog i doch, Foschitter, du dappeda Zapfiklitscher!«

»D-d-des hoaßt deppada Zipfiklatscher!«

»Sog i doch, zipfada Deppiklatscher!« Die Stimme des Unterberger Xaver überschlug sich fast vor Wut. Er stürzte sich auf den Böck Anton, der verlor das Gleichgewicht und die beiden fielen in den Karpfenweiher. Dort spritzten und prusteten, schimpften und schrien sie weiter. Die Kinder bekamen Angst, dass ihr falscher Fischotter entdeckt würde, zogen ihn schnell aus dem Wasser und liefen in ihre Einsatzzentrale.

»Greiz, Birnbam, Hollerstaudn, so ein Scheiß«, keuchte Seppi.

»Scheiß sogt ma ned!«, japste Franz zurück. »Des find da Gott bestimmt ned guad. Stäi da vor, du schaffst dei Aufgab und dann sogt da Gott: ›Des guit jetz aber ned!‹, weilst dreimoi ›Scheiß‹ gsogt host!«

»Ja, host recht«, sagte Seppi. Er schaute nach oben und flüsterte: »'Tschuldige.«

»Trotzdem, so ein Mist, was machen wir denn jetzt?«, fragte Theresa.

»Jetzt miaßma den Turbo zündn«, sagte Seppi – das sagte sein Judotrainer immer am Schluss des Trainings. »In drei Dog hamma wieder Reli und do muaß i im Kreis des Vertrauens oder wia des hoaßt die Erfüllung meiner Aufgabe mit allen teilen und meine gute Tat präsentieren. Und wenn i do nix hob, dann griagt da Schmitt-Bogenbinder ganz achtsam an Wutanfall. **Mei, den scheich i**, des is da Schlimmste.«

»Mehr als den Gott?«, fragte Theresa interessiert.

»Ja, freili«, sagte Franz. »Mim Herrgott versteht si da Seppi ganz guad, er geht ja jeden Sonntag zum Ministrieren.«

Theresa nickte, obwohl sie das alles nicht so ganz verstand. Ihre Mamas gingen nicht in die Kirche und dieses Reli gab's im Kindergarten auch nicht.

»Also dann«, sagte sie, »sollten wir uns echt was einfallen lassen. Vielleicht fragen wir mal andere Leute um Rat.«

Der Vorschlag leuchtete Schakal und Kornspitz ein und sie verabschiedeten sich zum Mittagessen. Nachdem sie ihre Fischstäbchen mit Kartoffeln und Spinat gegessen hatten, berichteten sie dem Opa von den Schwierigkeiten, die das Kommando Streithansl hatte.

»Mia ham jetzt sogar voi de guadn Decknamen und trotzdem gäht nix weida«, klagte Seppi.

»I hob's eich ja gsogt, dass de zwoa a harte Nuss san«, sagte der Opa. »De ham scho so vui gstrittn, dass vom Unterberger Xaver die Frau krank worn is und ins Austragsheisl nebam Hof zogn is, und die Agnes vom Böck Anton is vor a bor Johr ganz davo. Des sitzt so diaf, des komma ned eimfach mit am Kuacha heilen. Und mit dem Fischotter-Schmarrn hobts des Ganze no schlimma gmacht.«

Franz und Seppi schauten betreten auf die Spinatflecken auf dem Tischtuch: »Mia ham denkt, wenn de zwoa an gemeinsamen Feind ham, rafn se si zam.«

»Aber si ham bloß graft und si ganz schiach gstrittn.«

»Ihr hobts es ja bloß guad gmoant, aber vielleicht suachst da a andere guade Tat, Seppi, der Sauerampfer wart schon«, sagte der Opa und trug die Teller zur Spülmaschine.

Auch Theresa hatte ihren Mamas von dem Reinfall mit dem Fischotter erzählt. Mama Hanne und Mama Marion hatten erst mal ziemlich gelacht, aber als sie sahen, dass es Theresa ernst war, überlegten sie.

»Eigentlich komisch: Die beiden sind so ähnlich, beide fischen gerne, beide singen im Chor, beide lieben ihre Kuhe über alles und trotzdem streiten sie so schlimm«, sagte Mama Hanne.

»Ja, und sie leben auch so ähnlich, allein und traurig in ihren stolzen Bauernhöfen und so verbittert, dass sie schon richtig seltsam werden, der eine stottert und der andere verdreht immer die Buchstaben«, stimmte Mama Marion zu.

»Das ist es!«, rief Theresa. »Ich muss los, den Rest esse ich zum Abendessen«, und flitzte in die Einsatzzentrale. Franz und Seppi waren auch eben angekommen und wollten Theresa gerade sagen, dass Seppi jetzt doch den Sauerampfer aus der Wiese stechen werde, als sie mit der rettenden Idee heraussprudelte.

Eine Stunde später klingelten Theresa und Franz wieder bei den beiden Streithansln und Seppi zog wieder aus der Einsatzzentrale heraus an zwei Schnüren. Doch diesmal waren am Ende keine silbernen Gabeln, sondern 20-Euro-Scheine und die Scheine flutschten auch nicht zum Gehsteig, sondern einer hintenrum um den Bauernhof und einer vornrum, sodass der Unterberger Xaver vor der offenen Haustür vom Böck Anton stand und umgekehrt.

Neugierig spähte der Unterberger Xaver in den Hausgang. Als er niemanden sah, schlich er weiter und betrat die Stubn. Es war dunkel und etwas muffig, doch sehr ordentlich aufgeräumt. Auf einem Tischchen standen eine Kerze und ein Bild von der Agnes, dem Böck Anton seiner Frau. Daneben lagen ein Liederbuch und ein Packerl Schafkopfkarten. Der Unterberger Xaver ließ seinen

Blick zum Fenster wandern. Dort standen viele kleine Töpfchen, in denen wie auf seinem Fensterbrett kleine Tomaten-, Gurken- und Paprikapflänzchen wuchsen. Am anderen Fensterbrett, das zu seinem Hof hinausging, lagen ein Fernrohr, ein Fotoapparat und ein aufgeschlagenes Heft. »10:05 Uhr: Unterberger schon wieder die Musik zu laut aufgedreht. 11:23 Uhr: Unterberger heimlich Biomüll über den Zaun geschüttet. 13:01 Uhr: Unterberger verdächtig den Vorhang zugezogen«, stand da feinsäuberlich aufgeschrieben. Der Unterberger Xaver fühlte sich ertappt. Genauso ein Heftchen hatte er drüben bei sich am Fenster liegen, gleich neben seinem Fernglas und seinem Fotoapparat. Gerade vorher noch hatte er notiert: »13:20 Uhr: Böck kehrt Pflaster bei Ostwind, sodass Staub zu mir fliegt.«

Der Unterberger Xaver kratzte sich nachdenklich am Kopf. Auch bei ihm gab es in der Stubn ein Tischerl, auf dem ein Foto von seiner Frau und den Kindern stand. Er schaute es oft an und dachte darüber nach, warum sie ausgezogen waren. Weil sie die Streiterei einfach nicht mehr ertragen konnten.

»Dem Böck Anton geht's wie mir«, murmelte er. »Dem sei Frau is sogar ganz davo. Und mir streitn immer weiter, weil mir immer scho gstrittn ham.«

Er legte das Hefterl zurück auf die Fensterbank und trat hinaus ins Freie. Er blinzelte in die Sonne und sah, dass der Böck Anton im selben Moment aus der Haustür vom Unterberger-Hof trat. Die beiden Männer gingen aufeinander zu und blieben stehen.

»I woit den Biomüll eigentlich bei mir aufn Kompost schmeißn und dann is ma da **Kibi** auskemma«, sagte der Unterberger Xaver leise und ganz ohne die Buchstaben zu verdrehen.

»Und i hob ned gmerkt, dass Ostwind is, wia i mei Pflaster khert hob«, murmelte der Böck Anton ohne zu stottern.

»Scho guad«, sagte der Unterberger Xaver.

Sie sahen sich an und lächelten fast.

»Vielleicht gäht ja amoi a Rundn Schofkopf zam«, sagte der Unterberger Xaver.

»Brauchst du a Fernglasl? I häd oans übrig«, murmelte der Böck Anton.

»Naa, i hob aa oans übrig.«

Sie gingen weiter, jeder in sein Haus.

An der Haustür drehte sich der Unterberger Xaver noch einmal um und rief: »D-d-du bist fei mit dreckade Gummistifi in mein Hausgang eini.«

»Ja, du scho aa. Außerdem hoaßt des Stummigifi, du Streithansl!«

»S-s-sog i doch!«

Spielregeln fürs Neinerln

wie es Theresa und Franz immer spielen

Ihr braucht: ein Packerl Schafkopfkarten oder ein anderes Blatt mit 32 Karten für 2 bis 4 Spieler.

Und so geht's:

- Karten mischen und an jeden Spieler sieben Karten austeilen.
- Die restlichen Karten als Stapel umgedreht auf den Tisch legen und die oberste aufgedeckt neben den Stapel legen.
- Der Spieler links vom Kartengeber beginnt, gespielt wird im Uhrzeigersinn.
- Der Spieler, der an der Reihe ist, muss eine seiner Karten auf den Stapel mit den aufgedeckten Karten legen. Dabei muss entweder die Farbe oder die Zahl gleich mit der obersten Karte auf dem Stapel sein.
- Wenn man keine passende Karte hat, muss man eine ziehen (eine Karte schlecken, sagen Franz und Theresa dazu).
- Legt ein Spieler eine 7, muss der nächste Spieler zwei Karten vom Stapel ziehen und darf dann erst eine Karte legen.
- Wenn ein Spieler eine 8 legt, dann wird der nächste Spieler ausgelassen.

- Eine 9 darf man auf jede Karte legen und sich eine Farbe wünschen, die der nächste Spieler dann legen muss.
- Passt die gezogene Karte, legt man sie, kann man nach dem Ziehen immer noch nicht, ist der nächste Spieler an der Reihe.
- Gewonnen hat der Spieler, der als Erster keine Karten mehr hat.

4

Vergissmeinnicht

»Meine Oma fährt im Hühnerstall Motorrad, Motorrad, Motorrad«, trällerte Franz und genoss, dass heute Samstag war und er nichts tun musste und morgen Sonntag sein würde und er auch nichts tun müssen würde. Er lief zum Gartenzaun und schaute, ob Theresa schon wach war und sie weiter an ihrem Baumhaus bauen konnten, doch er sah sie nicht. Dafür lief auf der Terrasse vor Theresas Haus eine ältere Dame auf und ab. Sie schien was zu suchen, schaute hinter den **Holzstoß** und in die Regentonne. Sie hatte graue Haare, die etwas wirr zusammengebunden waren, war aber sehr fein angezogen, mit Rock, Bluse und Halstuch. Franz erinnerte sich, dass Theresa letztens erzählt hatte, dass ihre Oma zu Besuch kommen würde. Er winkte der alten Dame zu. Als die ihn sah, rief sie: »Ach, Edgar, da bist du ja, das Frühstück steht auf dem Tisch, komm endlich rein!«

Franz stutzte, sie musste ihn verwechseln. »Grüß Gott, i bin der Franz, i woaß ned, wo der Edgar is oder wer des überhaupts sei soi.« In ganz Anting gab es keinen Menschen, der Edgar hieß, und keinen Stier oder Ochs auch nicht, soviel Franz wusste.

»Ach, Edgar, jetzt hör doch auf mit deinen albernen Spielchen und komm rein, das Rührei wird kalt!« Die Oma machte die Terrassentür von Theresas Haus auf und deutete hinein. Franz wollte selbstverständlich nicht schuld sein, wenn das Rührei kalt wurde, und gegen ein zweites Frühstück hatte er auch nichts. Seine Eltern hatten ihm eingebläut, dass er nie mit Fremden mitgehen durfte, was auch immer Tolles sie ihm versprechen. Aber durch die geöffnete Terrassentüre sah er Theresa und zu Theresas Familie durfte er auch ohne zu fragen jederzeit gehen. Er schlüpfte also durch das Loch im Zaun und ging zur Terrasse. Die Oma rief: »Ach, Edgar, ich habe dir schon tausendmal gesagt, dass du nicht mit der feinen Sonntagshose im Garten spielen sollst.« Franz sah an sich herunter; er hatte extra eine sehr alte Hose mit vielen Flecken und einem Riss zum Baumhausbauen angezogen. Irgendwie kam ihm die Oma komisch vor. Sie schob Franz ins Wohnzimmer.

»So, Edgar, setz dich hin, wir fangen gleich an. Die Wälder, das Meer, Mexiko, ich kann den Duft von Regen nicht ausstehen!« Franz sah von Hanne zu Theresa und dann zu Marion und zuckte mit den Schultern.

»So, der Edgar ist nun da, Hannelore, du kannst das Rührei bringen.« Mit Hannelore meinte die Oma wohl

Theresas Mama Hanne. Franz kannte sie nur als Hanne. Er wunderte sich immer mehr, aber wartete erst mal ab.

»Schön, dass du da bist«, sagte Marion. »Das ist Theresas Oma.«

»Und i bin anscheinend der Edgar«, stellte Franz sich vor. Theresa kicherte und sie setzten sich an den Tisch.

»Jetzt iss erst mal was, den Rest erklären wir dir später«, meinte Hanne, als sie Franz eine große Portion Rührei auf den Teller löffelte. Franz langte ordentlich zu, denn Rührei mit gebratenem Speck und Semmeln gab's daheim nicht so oft, eher Müsli und Vollkornbrot.

»Ach, es ist immer eine Freude, wie es dem Edgar schmeckt!«, rief die Oma, klatschte in die Hände und lud ihm schwungvoll gleich noch eine Portion Rührei auf.

»Kölle alaaf alaaf, Köööölle, alaaf!« Die Oma hatte sich völlig ohne Vorwarnung kerzengerade hingesetzt, drosch mit Gabel und Messer auf den Frühstückstisch ein und schmetterte das Faschingslied. Franz erschrak so, dass er fast vom Stuhl rutsche, doch dann prustete er los. Er kannte das Lied vom Fasching in Köln, der dort Karneval hieß und den sein Opa immer im Fernsehen ansah. ›Kölle alaaf‹ wurde dort meistens von ziemlich betrunkenen Leuten gegrölt. Franz lachte, dass er fast Schluckauf bekam.

Hanne fragte verwundert: »Mutter, freust du dich denn schon so auf den Karneval?«

Die Oma sah sie jetzt entgeistert an und sagte: »Karneval, wer hat hier was von Karneval gesagt? Ich hasse

Karneval. Vor allem diese schrecklichen Lieder, die sie dort singen!« Dann schob sie sich ein Stück Speck in den Mund und schüttete ihren Orangensaft mit Schwung in den Brotkorb.

»Du musst ordentlich frühstücken, Edgar, denn wir gehen später zum Skifahren. Ich habe gesehen, dass die Berge wundervoll verschneit sind«, sagte die Oma dann ungerührt.

»Mhm!«, sagte Franz, erstens, weil er den Mund voller Rührei hatte, und zweitens, weil es Juni war und nur noch auf der Zugspitze Schnee lag und jetzt eigentlich niemand mehr zum Skifahren ging. Irgendwas stimmte mit dieser Oma nicht.

»Hannelore, Olga, ihr könnt ja inzwischen hier in der Wohnung spielen.« Jetzt verstand Franz langsam wirklich überhaupt gar nichts mehr. Wer war denn bitte jetzt Olga? Anscheinend meinte die Oma Theresas Mama Marion. Es schien, als sei bei ihr wirklich einiges schiefgewickelt. »Und wer ist dieses kleine Mädchen?«, fragte die Oma nun und deutete auf Theresa. Franz wollte gerade wieder loskichern, weil die Oma ihre eigene Enkelin nicht erkannte. Da sah er, dass Theresa ganz traurig schaute und fast zu weinen begann. Er steckte sich schnell noch ein Stück Rührei in den Mund und war still.

Nach dem Frühstück trug die Oma das Geschirr in die Garage, stellte die leeren Eierschalen in die Spülmaschine und warf die Gläser in den Müll. Hanne nahm Franz und

Theresa mit auf die Terrasse und erklärte ihnen, dass Theresas Oma eine Krankheit hatte. Bei der bekommt man keinen Schnupfen oder Husten oder Bauchweh, sondern das Gehirn kann sich nicht mehr an alle Sachen erinnern. Vor allem Ereignisse, die erst vor Kurzem geschehen waren, vergaß die Oma einfach wieder. An Dinge von früher konnte sie sich gut erinnern.

»Daher denkt sie, dass du ihr Sohn Edgar, mein Bruder, bist, der eigentlich schon längst erwachsen ist«, erklärte Hanne.

»Und an mich kann sie sich einfach nicht mehr erinnern«, sagte Theresa traurig. »Sie fragt mich immer wieder, wer ich bin.«

»Leider vergisst sie auch noch viele andere Sachen«, sagte Hanne dann. »Sie weiß zum Beispiel nicht mehr, dass der Müll in die Abfalltonne gehört, und schüttet ihn einfach hinters Sofa. Oder sie erinnert sich nicht, dass man Apfelkuchen backen muss, und isst ihn roh und bekommt furchtbar Bauchweh. Daher wohnt sie normalerweise in einem kleinen Dorf, wo alles für Menschen mit dieser Krankheit vorbereitet ist und wo ihr nichts passieren kann.« Franz staunte.

»Wenn sie bei uns ist, müssen wir sehr gut auf sie aufpassen. Denn sie denkt oft, dass sie irgendwas machen will, und läuft dann einfach los oder steigt in den Bus.«

»Guad, dass bei uns bloß zwoamoi am Dog a Bus kimmt«, sagte Franz.

»Das stimmt!«, lachte Hanne. »Um sie nicht noch mehr zu verwirren, spielen wir einfach mit, wenn sie komische Sachen sagt. Also, wenn es dir nichts ausmacht, bist du halt einfach der Edgar.«

»Koa Problem«, sagte Franz.

Als Franz und Theresa später weiter an ihrem Baumhaus bauten, fragte Franz: »Du bist scho ganz schee traurig, dass di dei Oma nimma erkennt, gäi?« Theresa schluckte und nickte.

»Ja, als ich klein war, hat sie ganz viel mit mir gespielt und sie hat immer ›Vergiss mich nicht!‹ gesagt, wenn sie wieder gefahren ist, und jetzt hat sie mich vergessen.« Eine Träne rollte über Theresas Backe. Sie wischte sie mit ihrer dreckigen Hand ab.

»Jetzt schaust aus wia a Kriegerin!«, sagte Franz. Er überlegte: »Vielleicht kemma ja irgendwos macha, wo sie si drüber gfreid. Weil: Gfrein konn sie si ja, bloß duad ses hoid dann schnei wieda vagessn, oder?«

»Das ist eine gute Idee!«, Theresas Augen sahen schon wieder ein bisschen fröhlicher aus. »Wir könnten ein paar Blumen an die Terrasse pflanzen, sie mag Blumen sehr gerne.«

»Des mach ma«, meinte Franz.

Als sie die Westwand von ihrem Baumhaus regenfest gemacht hatten, zogen sie los und fragten den Opa vom Franz, ob sie ein paar Pflanzen haben könnten. Der hatte immer einige Blumen in Töpfen im Gewächshaus stehen, »fois ma amoi überraschend a Gschenk braucht«.

»Freilich kennts eich do wos nemma!«, sagte der Opa, »i hob Zinnien, Rosn, Vergissmeinnicht und Sonnablea-mi.« Die Vergissmeinnicht hatten viele kleine hellblaue Blüten und waren richtig schön buschig.

»Vergissmeinnicht, des basst doch«, sagte Franz. Sie trugen die Töpfe zur Terrasse und pflanzten sie ein, drück-ten die Erde rundherum fest und gossen sie gleich noch. »Das schaut jetzt schön aus!«, freute sich Theresa.

Die Oma saß derweil mit Hanne auf einer Bank am Haus. Sie hatte Hannes Hand genommen und seufzte: »Ach, Hannele, ich habe in letzter Zeit das Gefühl, dass ich immer wieder was Wichtiges vergesse.«

Sie legte ihren Kopf an Hannes Schulter und begann zu weinen. »Manchmal denke ich an etwas und will den Gedanken festhalten, aber dann zerschmilzt er mir wie ein Eiswürfel in der Hand und ich kann mich einfach nicht mehr dran erinnern.«

»Ich verstehe, dass dich das beunruhigt, Mutter«, sag-te Hanne. Sie hatte nun auch Tränen in den Augen. Die beiden saßen einige Zeit schweigend nebeneinander und sie sahen einem Eichhörnchen zu, das eine Nuss vergrub. Dann sagte Hanne: »Wir sind für dich da, wenn du mal was vergisst.« Sie legte den Arm um die Oma und drück-te sie. Die entgegnete: »Gott sei Dank ist es nicht so schlimm, dass es jemand merkt außer mir.«

In dem Moment kam ein Mann im roten Overall um die Ecke, er schob einen Sackkarren und auf dem Karren waren sehr viele Pizzakartons. »40-mal Quattro Stagioni für Solms? San des Sie? Macht 450 Euro. Woin S' mit da Kartn zoin?« Hanne starrte erst auf den Pizzalieferanten, dann auf die Kartons und schließlich auf die Oma. Wortlos ging sie ins Haus und holte ihren Geldbeutel.

Die Oma war inzwischen völlig unbeeindruckt vom Pizzasegen zu Franz und Theresa gegangen und sah sich das Blumenbeet an. »Ach, Edgar«, rief sie, »das habt ihr ja wunderbar angepflanzt. Vergissmeinnicht sind meine

Lieblingsblumen! Ich wusste gar nicht, dass du so ein begabter Gärtner bist. Hat dir das das Mädchen beigebracht? Ist das deine Freundin?«

»Ja«, sagte Franz, »des is die Theresa, mei beste Freindin!«

»Guten Tag!«, sagte die Oma und streckte Theresa förmlich die Hand hin, »ich bin Edgars Mutter. Nett, dich kennenzulernen. Also, diese Blumen hier freuen mich wirklich außerordentlich!«

Franz lächelte Theresa zu und freute sich, dass sie auch wieder fröhlicher schaute.

Beim Mittagessen – es gab aus gegebenem Anlass Pizza – erzählte Franz seiner Familie von der seltsamen Oma und ihrer Krankheit. »Aiso, wunderts eich ned, wenn de Edgar zu mir sogt, sie denkt, dass i ihr Sohn Edgar bin«, erklärte er.

»Is de Krankheit ansteckend?«, fragte Seppi besorgt. »I hob grod de ganzn **Baam und Bladl** für d'Schui auswendig gleant, des konn i jetzt ned braucha, dass i des ois wieder vergiss! Am Diensdog hamma de Probe.«

»Koa Angst«, beruhigte ihn seine Mutter. »De Krankheit is ned ansteckend und Kinder griang de aa sehr säitn!«

Der Vater vom Franz erzählte, dass ein Großonkel von ihm auch diese Vergessenskrankheit gehabt hatte. »Der hod tatsächlich amoi bei uns in' Schrank einibieslt, weil er denkt hod, des waar as Klo. Und dann is er amoi im Schlafanzug in d'Kirch ganga.«

Sophie, dem Franz seine kleine Schwester, lachte und sagte: »Streiche gmacht!«

»Ja, Sophie, gäi, bei am Kind dad ma song, dass des a Streich is!«, pflichtete der Opa ihr bei.

»Scho komisch, dass wos gleichzeitig lustig und traurig sei konn …«, sagte Franz und sammelte nachdenklich die Artischocken von seiner Pizza.

Am nächsten Morgen wachte Franz auf, weil es an der alten Türglocke des Bauernhofs Sturm läutete. Er sprang aus dem Bett und lief in seinem grün-weiß gestreiften Schlafanzug die Treppe runter. Seine Mama hatte schon aufgemacht. Vor der Tür stand Theresa und rief: »Die Oma ist weg! Ich wollte sie gerade wecken, da habe ich gesehen, dass das Fenster offen ist und ihr Bett leer.«

»Auweh«, sagte Franz, »mia häifn suacha!«

Franz zog sich noch schnell was an und lief dann mit seiner Mama nach draußen. Der Rest der Familie war schon früh mit Seppi zum Judotag nach München gefahren. Vor Theresas Haus standen ihre beiden Mamas. Sie machten aus, wer in welche Richtung gehen sollte und wann sie sich wieder treffen wollten. Franz lief mit seiner Mama nach links, Hanne nach rechts Richtung Dorfplatz und Theresa suchte mit Marion im Garten. Nach einer halben Stunde kamen sie wieder zurück.

»Und?«, fragte Theresa.

»Nichts«, sagte Hanne.

»Bei uns aa ned!«, meldete Franz, »mia san bis zum Ortsende glafa.«

»Wir müssen die Polizei verständigen«, sagte Marion. Sie lief ins Haus, um zu telefonieren.

»Hod die Oma a Handy?«, fragte Franz.

»Ja, aber das liegt noch in ihrem Zimmer«, entgegnete Hanne.

Theresa dachte nach: »Vielleicht ist sie in den Bus gestiegen?«

»Aber heid is Sonntag, da fahrt koa Bus«, sagte die Mama vom Franz. Franz überlegte fieberhaft, auf welche Idee die Oma gekommen sein könnte. Er ging in Gedanken noch mal die Gespräche beim Frühstück durch. Plötzlich fiel es ihm ein: »Sie hod doch gestern gsogt, dass sie mit mia zum Schifahrn geh wui. Hinter eiam Haus is doch unsa Wiesn und dahinher sigt ma die Berg. Vielleicht is sie dohi ganga?«

»Das ist ein guter Einfall!«, sagte Hanne.

Die vier liefen sofort los, kletterten über den Zaun und liefen auf die Wiese. Dort war das Gras ziemlich hoch, weil der Vater vom Franz das immer lang für die Bienen, Hummeln und Schmetterlinge stehen ließ. Es war sehr anstrengend, da durchzulaufen. Hanne nahm Theresa auf den Rücken und trug sie **bucklkrax**, als sie merkte, dass Theresa nicht mehr so gut laufen konnte. Sie liefen das kleine Bergerl hinauf. Von oben hatte man eine wunderbare Aussicht auf die gar nicht mehr schneebedeckten Berge. Auf der anderen Seite ging es das Bergerl sanft wieder hinunter, unten schlängelte sich ein kleiner Bach und dort sahen sie – die Oma! »Do, beim Groppnboch, do laft's!«, rief Franz erleichtert.

»Oma!«, rief Theresa, doch die Oma hörte sie nicht. Die Mama vom Franz rief Marion an, dass sie die Oma gefunden hatten, und Hanne, Theresa und Franz liefen, bis sie die Oma erreicht hatten. »Mutter, wo willst du denn hin?«, fragte Hanne.

»Na, Skifahren!«, entgegnete die Oma entrüstet und stapfte entschlossen weiter. Sie hatte tatsächlich alle Kleider, die sie finden konnte, übereinander angezogen. Auf dem Kopf trug sie einen Papierkorb und auf den Schultern uralte Holzski. Mit diesen Holzski war der Urgroßvater vom Franz vor fast hundert Jahren zum Skifahren gegangen und sie hingen eigentlich nur noch als Dekoration an der **Schupfa-Wand** der Bachmaiers. Franz musste schon ein bisschen lachen.

»Mit dene Schi kimmst aber ned weid, de san nimmer de neiastn!«, sagte er.

»Meinst du, Edgar?« Die Oma blieb stehen und sah die Ski an. »Da könntest du recht haben, sie sind voller Spinnweben.«

»Genau, und jetz gemma hoam.« Franz hakelte sich bei der Oma ein und sie alle gingen zurück.

Mitten auf der Wiese blieb die Oma stehen und zeterte plötzlich: »Die wollen mein Geld stehlen! Das Lum-

penpack, das ist doch das Letzte, das Geld einer alten Frau nehmen! Die wollen an meinen Schmuck! Die wollen mein Bankkonto plündern! Fräulein Sauer, wir müssen über den Schokoladenpudding sprechen!«

Franz und Theresa erschraken. Hanne versuchte, die Oma zu beruhigen, und sagte: »Mutter, keiner will dir was stehlen.« Doch die Oma ließ sich nicht davon abbringen und schimpfte auf ihrem Weg durchs hohe Gras.

Zu Hause angekommen, waren alle erleichtert und Sebastian, der Dorfpolizist, sagte: »Ah, do is ja de Ausreißerin! Dann konn i ja wieder fahrn.«

Franz hängte mit seiner Mama die alten Ski wieder an die Schupfa-Wand und wollte sich gerade verabschieden, da rief die Oma nun wieder bester Laune: »Ach, Edgar, danke, dass du meine Ski aufgeräumt hast. Der Skitag war wunderbar! Jetzt müssen wir unbedingt noch einen Kaiserschmarrn essen und eine heiße Schokolade mit viel Sahne trinken, das magst du doch nach dem Skifahren immer so gerne.«

Franz schaute hilflos zu Theresa und ihren Mamas. »Ja, klar, Mama, das machen wir, hier ist eine gemütliche Hütte, da kehren wir ein!«, sagte Hanne.

Sie gingen ins kleine Haus und Mama Marion war einigermaßen überrascht, dass es jetzt Kaiserschmarrn zum Frühstück gab, aber sie spielte mit. Die Oma langte gscheid zu und es schien ihr zu schmecken. »Ach, Edgar, es geht doch nichts über einen schönen Skiurlaub mit der ganzen Familie, nicht wahr?«

»Genau, Mama!«, sagte Franz und zwinkerte Theresa zu.

Drei Tage später war der Besuch der Oma bei Theresas Familie vorbei. Die Oma hatte noch mit rohen Eiern Fußball gespielt, war einmal ausgebüxt, um einen Christbaum zu kaufen, und hatte sich die Haare mit Sprühsahne gewaschen. Sonst war alles gut gegangen. Nun packte Mama Hanne ihre ganzen Sachen ins Auto, um sie wieder in das Dorf zu fahren, wo sie wohnte. Theresa sagte Franz Bescheid und der kam natürlich rüber, um sich zu verabschieden. Die Oma drückte ihm ein dickes **Busserl** auf die Stirn und sagte: »Ach, Edgar, warum fährst du denn nicht mit?«

»Äh, i bleib noch a bisserl bei der Theresa, meiner Freindin«, antwortete Franz.

»Ach so. Na, dann viel Spaß euch und denkt daran, die Blumen an der Terrasse zu gießen! Die brauchen viel Wasser. Vor allem die Vergissmeinnicht!«

Anleitung zum Pflanzen von Vergissmeinnicht

mit Tipps von Opa Bachmaier

Der Opa vom Franz hat viel Erfahrung mit Pflanzen. Er kauft sie meistens nicht ausgewachsen in der Gärtnerei, sondern zieht sie selbst aus Samen. Das geht so:

1. Ihr kauft Samen von Vergissmeinnicht oder bekommt sie von jemandem, der viele Vergissmeinnicht im Garten hat.

2. Diese Samen könnt ihr entweder im Frühjahr ab Mai in der Wohnung bei 18–20 Grad vorziehen. Dazu füllt ihr kleine Schalen oder Töpfchen mit Erde, legt die Samen auf die Erde und bedeckt sie ganz dünn damit. Nun drückt sie ein bisschen an. Dann müsst ihr die Töpfchen immer gleichmäßig feucht halten: Nicht zu wenig, aber auch nicht zu viel gießen, sagt Opa Bachmaier. Nach gut zwei Wochen keimen kleine Pflänzchen – man braucht also schon Geduld. Wenn sie ein bisschen größer sind, könnt ihr jedes Pflänzchen in einen eigenen größeren Topf umpflanzen. Das nennt man ›pikieren‹ und das geht am besten mit einem extra Pikierstab, man kann aber auch einen kleinen Löffel dafür nehmen, findet Opa Bachmaier. Wenn die Pflänzchen dann richtig groß sind, könnt ihr sie entweder im Topf mit einem schönen Übertopf

irgendwo aufstellen oder ihr pflanzt sie draußen im Garten ein. Sie mögen halbschattige Plätze mit lockerem Boden.

3. Alternativ zur Vorzucht in der Wohnung könnt ihr die Vergissmeinnicht-Samen im Frühsommer auch direkt ins Beet säen, ein bisschen mit Erde bedecken, andrücken und immer schön feucht halten – natürlich wieder nicht zu wenig, aber auch nicht zu viel Wasser!

4. Meistens wächst die Pflanze im ersten Sommer nur grün und blüht erst im nächsten Jahr, da aber manchmal schon im März. Also vergesst nicht, im nächsten Frühjahr nachzuschauen!

Wer's ganz eilig hat, kann sich in der Gärtnerei auch eine fertige Vergissmeinnicht-Pflanze kaufen und diese einfach im Garten einsetzen, dann ist's nicht selbst gezogen, blüht aber gleich. Jeder, wie er Lust hat!

5

Der Nosnramme

Eines Tages saß Franz auf seinem Lieblingsbaum an der Hofmauer und bohrte so richtig gemütlich in der Nase. Rechts und links, oben und unten. Er hatte sich hier rauf verzogen, weil man im Haus einfach nicht in Ruhe nasebohren konnte. Sah ihn sein Vater, sagte er: »Geh, Franzl, hea auf, des is ja unappetitlich.« Seine Mama hielt ihm lange Vorträge: Das Nasebohren sei ungesund und er könne davon Nasenbluten bekommen. Sein Bruder Seppi, der eigentlich mindestens genauso oft in der Nase bohrte, rief: »Mei, is des greislig!« Und die kleine Sophie lief ihm hinterher und schrie in den höchsten Tönen: »Pfui Deifi, pfui Deifi! Nosnbohrer pfeif i!« Nur der Opa ließ ihn in Ruhe bohren und zwinkerte ihm zu. Der hatte ihm auch vor einem Jahr, als Franz endlich gut genug klettern konnte, den Platz auf dem Baum an der Hofmauer gezeigt. Vielleicht kam der Opa ja auch zum Nasebohren hier rauf, überlegte Franz. »Aber im Opa seiner Nosn wachsen so vui Hoor, ob der da überhaupt gscheid nosnbohrn konn?« Franz beschloss, den Opa in den nächsten Tagen mal ausgiebig zum Thema Nasnbohren zu befragen.

Er war in der Zwischenzeit mit dem einen Nasenloch fertig geworden. Es atmete sich schon viel freier und besser. Und so nahm er sich das zweite vor und genoss die ungestörte Zeit auf seinem Ast. Nach einiger Zeit förderte er einen riesigen, goldgelben Nosnramme hervor. Er drehte ihn zwischen Daumen und Zeigefinger zu einer runden Kugel und wollte ihn gerade genau inspizieren, da geschah ihm das Missgeschick: Der schöne, runde Ramme rutschte ihm zwischen den Fingern durch und fiel auf der Außenseite der Hofmauer runter. Und wie der Zufall manchmal so spielt, lief gerade in dem Moment der Kramer Sepp an der Mauer vorbei, auf dem Weg ins Rathaus. So landete der Nosnramme auf dem Kramer Sepp seinem grauen Filzhut. Dort thronte er ganz oben auf dem Rand, gleich neben der Feder, und glitzerte in der Morgensonne. Franz erschrak: »Saggl Zement!«, schimpfte er, kletterte fix vom Baum herunter und rannte dem Kramer Sepp hinterher. Er musste den Nosnramme irgendwie wieder vom Hut runterkriegen. Wie, wusste er noch nicht. Er verfolgte den Hut samt Nosnramme bis zum Rathaus.

Dort hatte der Kramer Sepp einen Termin mit der Bürgermeisterin. Er wartete erst im Vorzimmer und betrat dann das Zimmer der Bürgermeisterin. Als die Sekretärin kurz aus dem Zimmer ging, schlüpfte Franz ins

Vorzimmer und öffnete die Tür des Bürgermeisterzimmers ganz leise und vorsichtig. Drinnen schien der Kramer Sepp der Bürgermeisterin irgendwas Wichtiges zu erzählen. Er hatte den Hut abgenommen und fuchtelte wild mit den Armen herum, den Hut schwang er dabei durch die Luft und der Nosnramme, der saß fest oben auf dem Rand und wurde durch die Luft geschleudert wie in der Achterbahn. Plötzlich fiel der Hut dem Kramer Sepp aus der Hand und landete mit der Oberseite nach unten auf dem Teppich. Er hob ihn wieder auf, aber der Nosnramme war nicht mehr dran! Er klebte nun am Teppich.

»Puh!«, Franz atmete erst erleichtert auf, doch dann fiel ihm ein, dass es nun nicht leichter geworden war, den Nosnramme zurückzubekommen. Als der Kramer Sepp und die Bürgermeisterin zum Schreibtisch an der anderen Seite des Zimmers gingen, kam ihm eine Idee: Er wollte sich ins Zimmer schleichen und den Nosnramme rausholen, da bemerkte er Karl-Heinz. Karl-Heinz war die Pekinesen-Hündin der Bürgermeisterin. Die Bürgermeisterin hatte sie als Hundebaby bekommen und Karl-Heinz genannt und erst dann gemerkt, dass es ein Weibchen war. Da hörte Karl-Heinz schon so gut auf ihren Namen, dass sie ihn behalten durfte. Die Karl-Heinz also hatte Franz sofort gesehen und knurrte ihn an. Also zog dieser den Kopf wieder zurück. Karl-Heinz war stolz, dass sie den Franz in die Flucht geschlagen hatte, und rollte sich behaglich auf dem Teppich hin und her. Leider genau da, wo der Nosnramme lag! Der krallte sich fest und babbte nun genau auf dem Kopf von Karl-Heinz.

»So ein bläda Mist!«, schimpfte Franz. »Konnst du ned woanders rumroin! Wenn die Bürgermeisterin di späda krault, dann langt's genau in mein Nosnramme nei!« Franz überlegte fieberhaft, wie er Karl-Heinz aus dem Büro locken konnte.

»Ja, Franzl, wos machst'n du do? Der Opa is heit fei ned do!« Franz erschrak und drehte sich herum. Unbemerkt war die Sekretärin zurück ins Vorzimmer gekommen und hatte Franz gesehen. Sie kannte ihn gut. Sein Opa war ja der Zweite Bürgermeister von Anting und deshalb oft im Rathaus.

Franz schaltete schnell und fragte scheinheilig: »Ach so, der Opa is ned do? Schod! Aber soi i vielleicht mit da Karl-Heinz Gassi geh?«

»Ach nein, das mache ich gleich selbst, ich brauche dringend frische Luft! Aber vielen Dank, sehr nett von dir!«, rief die Bürgermeisterin. Sie war gerade aus ihrem Büro gerauscht und verabschiedete den Kramer Sepp. Auf dem Arm hatte sie – Karl-Heinz, und die rieb liebevoll ihr Köpfchen an ihr. Franz wollte gar nicht hinsehen: »Nein, nein, jetzt bitte nicht kraulen«, betete er. Das tat die Bürgermeisterin dann auch nicht, aber Karl-Heinz rieb den Nosnramme von ihrem Köpfchen auf das Dirndl und er babbte nun auf dem rechten Träger des Dirndls.

»Na, **pfiati God**!«, jammerte Franz leise. »Des werd ja immer bläda.«

»Was sagst du?«, fragte die Bürgermeisterin.

»Äh, i hob bloß gsogt: ›Guatl mog a jeda‹«, stammelte Franz.

Die Bürgermeisterin schüttelte den Kopf. Sie hatte heute ein ganz feines Dirndl aus schwarzem Stoff und eine hellrote Schürze an. Zur Feier des Tages, denn heute kam – jetzt fiel es Franz wieder ein – irgendein besonderer Pfarrer nach Anting. Er sollte eine Figur auf dem Friedhof weihen. Seppi war in der Früh schon aufgeregt gewesen, weil er als Ministrant dabei sein durfte.

»Des is aber jetzt egal«, dachte Franz, »i muaß mir jetzt erst amoi was mit dem Nosnramme eifoin lossn.«

Die Bürgermeisterin lief mit Karl-Heinz nach draußen und Franz hinterher. Sie setzte sich auf eine Bank auf dem Dorfplatz, Karl-Heinz spielte im Gras und Franz überlegte fieberhaft, wie er an seinen Nosnramme kam. Da fuhr ein Auto ums Eck. Es war der alte blaue Golf von Theresas Familie. Franz winkte wie verrückt und Theresa stieg aus.

»Theresa, griaß di, konnst du mia häifa, mir is wos Saubläds bassiert!«, flüsterte Franz.

»Was ist denn los?«, fragte Theresa und verabschiedete sich von ihrer Mama Marion.

»I hob an Nosnramme verlorn und der is dann mim Kramer Sepp mit ins Rathaus und dann hod'n de Karl-Heinz auf des Dirndl von da Bürgermoasterin gschmiert.«

Theresa verstand überhaupt gar nichts von dem, was Franz ihr da erzählte.

»Was ist mit dem Dirndl? Und wo ist der Kramer Sepp? Und was ist überhaupt eine Nasenramme?«

Franz ließ sich auf eine Bank fallen und erklärte: »Ned Nasenramme, Nos-n-ra-mme, des wos ma aus da Nosn rausbohrt.«

»Ach so, ein Nasenpopel«, jetzt verstand Theresa schon mehr. Und als Franz ihr die ganze Geschichte erzählt hatte, überlegten sie gemeinsam. Sie setzten sich auf den Dorfplatz und beobachteten die Bürgermeisterin, die sich ihren Rote-Rüben-Quinoa-Salat schmecken ließ. Sie las dabei ein Buch und jedes Mal, wenn sie lachte, wippte der Nosnramme etwas auf und ab.

»Du, Franz, sag mal, warum hast du eigentlich auf dem Baum Nase gepopelt?«, fragte Theresa.

»Na, weil hoid a Ramme drin war und mi gjuckt hod und i ned gscheid schnaufa hob kenna«, antwortete Franz.

»Ja, aber warum hast du auf dem Baum Nase gepopelt?«

»Weil i do mei Ruah hob.«

»Ich pople immer auf dem Klo und schmeiß den Popel ins Klo«, erklärte Theresa.

»Oder ara so«, meinte Franz, »i find's an da frischen Luft am besten.«

»Ich hab eine Idee, wie wir den Popel wieder zurück kriegen«, sagte Theresa plötzlich. »Du lenkst die Bürgermeisterin von der einen Seite ab und ich schleiche mich auf die andere und stibitze den Popel.«

So versuchten sie es: Franz fragte die Bürgermeisterin, was denn das Lieblingsfutter von Karl-Heinz sei, und Theresa schlich sich von hinten an. Sie streckte die Hand aus und wollte gerade den Popel abpflücken, als die Kirchturmuhr schlug.

Die Bürgermeisterin sprang auf: »Ach, schon drei, jetzt muss ich aber sofort zur Kirche, sonst komme ich zu spät!«

Sie rannte mit Karl-Heinz zurück ins Rathaus und kurze Zeit später wieder heraus, sprang auf ihr E-Bike und radelte zur Kirche. Franz und Theresa liefen hinterher.

Vor der Kirche war schon viel los: Der besondere Pfarrer war da, außerdem der ganz normale Pfarrer von Anting und die Ministranten, also die Helfer vom Pfarrer. Seppi war auch dabei. Der besondere Pfarrer stand vor der Kirche, er hatte einen ganz feinen Umhang mit viel Gold und Rot an und einen Hut wie der Nikolaus. Franz und Theresa staunten. Seppi stand genau neben dem besonderen Pfarrer und sah ganz andächtig aus. Die Bürgermeisterin ging nun samt dem Nosnramme auf den besonderen Pfarrer zu, um ihn zu begrüßen. Franz und Theresa standen an der Friedhofsmauer und fuchtelten mit den Armen herum. Wild gestikulierend schafften sie es, dem Seppi zu zeigen, dass auf dem Dirndl der Bürgermeisterin etwas war, was da nicht sein sollte. Seppi ging ihr entgegen und sagte ganz beiläufig: »Sie ham do wos«, und schnippte den Nosnramme in die Luft.

»Puh!«, Franz und Theresa seufzten erleichtert. Sie lehnten sich an die Friedhofsmauer und beschlossen, noch ein bisschen zuzuschauen. Der besondere Pfarrer nahm nun ganz behutsam eine Figur in die Hände, hielt sie in die Luft und schritt dann langsam und feierlich den Kiesweg entlang. Hinter ihm liefen der normale Pfarrer und die Ministranten und schwenkten Weihrauch.

»Wer ist denn das?«, fragte Theresa und deutete auf die Figur.

»Des is de Gottesmutter Maria, die Mama vom Jesuskindl. Aiso a Holzfigur von ihr«, sagte Franz. »De soi do hintn in des gloane Heisl gstäit wern.«

Der besondere Pfarrer kam nun mit der Marienfigur direkt auf Franz und Theresa zu. Sie war fast so groß wie Theresa, trug ein weißes Kleid mit schöner Spitze und einen hellblauen Umhang, der glänzte wie Seide. Über ihren dunkelbraunen Haaren war ein Kranz aus goldenen Sternen.

»Mei, de is scho sehr schee«, staunte Franz, »koa Wunder, dass der Gott si in de verliebt hod.«

»Der Gott?«, fragte Theresa. »Ich dachte, der Josef war der Mann von der Maria?«

»Hm«, Franz stutzte, das wusste er jetzt auch nicht so genau. Noch etwas, das er mit dem Opa besprechen musste. Doch dann stockte ihm der Atem: Genau auf dem wunderschönen Umhang der Maria glitzerte in der Nachmittagssonne – der Nosnramme.

»I glaab's ned«, stammelte Franz, »jetzt hod der Seppi den Nosnramme **pfeigrod** auf de Muttergottes gschnipst. Ja, is der denn ned bläda!«

Theresa versuchte, ihn zu beruhigen: »Der Maria macht das bestimmt nichts aus, die hatte ja selber ein Kind und das hat bestimmt auch manchmal Nase gepopelt.«

»Geh, Theresa, des Jesuskindl, des bohrt doch ned in da Nosn. Des is doch imma total fein und anständig. Oh mei, oh mei, was machma denn jetzt?«

»Jetzt müssen wir erst mal warten, bis die Maria in das kleine Haus gestellt wird und die ganzen Leute weg sind.«

Franz und Theresa folgten den anderen mit etwas Abstand. Bei dem kleinen Häuschen, einer Seitenkapelle an der Friedhofsmauer, angekommen, wurde noch viel gebetet, gesungen, Weihrauch geschwenkt und dann stellte der besondere Pfarrer die Marienfigur auf einen Sockel. Gott sei Dank hatte bis jetzt niemand den Nosnramme bemerkt. Aber wenn Franz und Theresa glaubten, dass es jetzt ruhiger werden sollte und sie den Nosnramme holen konnten, hatten sie sich getäuscht. Der besondere Pfarrer und der normale Pfarrer sahen sich gemeinsam noch den ganzen Friedhof an und redeten wichtig miteinander. Franz und Theresa drückten sich noch ein bisschen in der Nähe der Figur herum, aber dann beschlossen sie, erst mal heimzugehen und später noch mal zu kommen.

Beim Kaffeetrinken auf dem Bachmaier-Hof fragte Seppi: »Franzi, wos war denn des eigentlich auf dem Dirndl von der Bürgermeisterin?«

Franz antwortete: »Ach, bloß wos, was do ne hikead hod.«

»Aha.« Seppi wandte sich wieder seiner Rohrnudl zu.

Nach einiger Zeit fragte Franz ganz beiläufig: Moants ihr eigentlich, des Jesuskindl hod in da Nosn bohrt?«

Die anderen sahen sich an. »Aiso, i glaab, dass des nia an Nosnramme ghabt hod. Des is ja des Jesuskindl«, meinte Seppi.

»Jeder hod doch amoi an Nosnramme«, entgegnete der Vater vom Franz, »aber wahrscheinlich hod des Jesuskindl den ganz fein in a seidenes Daschendiachl einigschneizt.«

»Ja, aber wenn's doch amoi bohrt hod«, bohrte Franz weiter, »hod dann de Gottesmutter Maria gschimpft?«

»I glaab ned«, sagte die Mama vom Franz. »De hod genau gwusst, dass jeder amoi an Nosnramme hod, der irgendwia raus muaß. Mia kean nämlich zu de Trocknnosnprimatn und de ham immer wieder amoi an Nosnramme. Aber besser ois Bohrn is Schneizn oder mit am Daschndiachl raushoin. Sonst griagt ma leicht Nosnbluatn. Im Nosnramme is aa der ganze Dreck aus da Luft, den de Nosn für uns rausfiltert.«

»Pfui Deifi, pfui Deifi, Nosnbohrer pfeif i!«, murmelte die kleine Sophie vor sich hin.

»I hob glesn, dass de Leit in China des ganz greislig finden, wenn man si schneizt. Do muaß ma zum Schneizn immer ausm Zimma geh«, sagte der Vater vom Franz.

»Kemma jetzt amoi wieda von wos andam redn?«, fragte Seppi, dem es langsam grauste.

Pünktlich um fünf trafen sich Franz und Theresa wieder auf dem Friedhof bei der Seitenkapelle mit der Gottesmutter Maria. Die Leute waren alle weg, aber nun war blöderweise ein Gitter vor der Figur und dieses Gitter war abgesperrt. Hinter dem Gitter stand – wunderschön in der Abendsonne glänzend – die Gottesmutter Maria und auf ihrem hellblauen Umhang babbte – auch wunderschön in der Abendsonne glänzend – immer noch der Nosnramme.

»Wie kommen wir denn jetzt da hin?«, fragte Theresa. Selbst wenn sie den Arm ausstreckte, konnte sie durch das Gitter nicht bis zum Nosnramme langen. Sie suchten einen Stock und versuchten es damit. Plötzlich hörten sie Schritte auf dem Friedhofskies. Der normale Pfarrer kam den Weg herunter. Schnell ließen sie den Stock verschwinden.

»Wos machts'n ihr do?«, fragte er.

»Ah, mia betn bloß no a bissal«, schwindelte Franz.

»Ach so, na dann, behüt euch Gott!«, sagte der normale Pfarrer und eilte weiter.

Franz zog den Stock wieder hervor und klebte einen gekauten Kaugummi an die Spitze, den sie im Kies gefunden hatten. Dann machte er eine Räuberleiter, Theresa kletterte auf seine Schultern, nahm den Stock, steckte ihn durch die Stäbe und machte sich ganz lang.

»Frau Maria, das geht jetzt leider nicht anders«, murmelte sie.

Als sie sich besonders streckte, schaffte sie es, mit dem Stock bis zur Marienfigur zu kommen und – behutsam und vorsichtig – den Nosnramme mit dem Kaugummi abzustempeln.

»Geschafft!!«, jubelte sie, zog den Stock vorsichtig zurück und sprang von den Schultern vom Franz herunter.

»Super gmacht, Theresa!« Franz war sehr erleichtert. »Entschuldige, Gottesmutter, des war koa Absicht. Und es war wenigstens a sehr scheena Nosnramme.«

Er nahm den wiedergewonnenen Nosnramme, begutachtete ihn und steckte ihn dann in die Hosentasche.

»Was machst du denn jetzt mit dem Popel?«, fragte Theresa auf dem Heimweg.

»Den heb i auf«, erklärte Franz. »Des is der Nosnramme, der am weitesten rumkemma is vo da ganzen Wäid!«

Zu Hause legte er den Nosnramme vorsichtig in ein kleines blaues Schächtelchen und dieses in seine Schatztruhe.

Einige Tage später, als Franz mit dem Opa im Wald war, um nachzusehen, ob es schon **Schwammerl** gab, sagte er: »Du, Opa, i häd do a Frage.«

»Ja, Franzl, frog«, sagte der Opa.

»Aiso, i woit frogn, wia's bei dir so mim Nosnbohrn is.«

Der Opa lachte: »Wos wuist'n do genau wissen?«

»Ja, duast du aa nosnbohrn? Und geht des mit de vuin Haar in deiner Nosn überhaupts? Und wo gehst du zum Nosnbohrn hi?«

»Aiso, bass auf: Frira hob i imma a Prisn Schnupftabak gnomma, dann kitzelt's oan in da Nosn und ma muaß niaßn und dann haud's ois außi. Aber des is ned so gsund. Drum hob i jetzt a indische Nasendusche und de wascht mei Nosn wunderbar frei. Aber wenn i amoi ganz gmiatlich nosnbohrn wui, dann sitz i mi auf den Ast an der Hofmauer, woaßt, den i dir letzts Johr zoagt hob.« Der Franz schaute den Opa fröhlich an.

»Du, Opa, do muaßt fei guad aufpassn, dass da ned amoi a Ramme obifoit und eppan trifft. Des kannt leicht bassiern.«

»Ja, i woaß!«, sagte der Opa und nickte.

Rote-Rüben-Quinoa-Salat

nach dem Rezept der Bürgermeisterin von Anting

Die Bürgermeisterin von Anting legt großen Wert auf gesunde Ernährung und ein modernes Auftreten. Daher kocht sie viele ausgefallene Gerichte, die meistens nur ihr schmecken – wenn überhaupt. Den Rote-Rüben-Quinoa-Salat bringt sie auch sehr gerne zu Buffets in Anting mit, weil er so schön schnell geht und rot aussieht. Leider bleibt meistens fast die ganze Schüssel übrig, weil außer ihr nur noch der Bachmaier-Bauer davon nimmt.

Zutaten:

- 100 Gramm Quinoa
- 2 Rote Rüben
- 1 Frühlingszwiebel
- 1 Zitrone
- 3 Esslöffel Olivenöl
- 20 Gramm Walnüsse
- 1 Mozzarella oder Feta-Käse
- 1 Teelöffel Kreuzkümmel
- 2 Esslöffel Sonnenblumenkerne
- ½ Bund gehackte Petersilie
- Salz und Pfeffer

Zubereitung:

- Rote Rüben schälen und in 1 Zentimeter große Würfel schneiden. Das ist etwa so groß wie ein Knopf.
- Quinoa heiß abwaschen und nach Packungsanleitung zusammen mit den Roten Rüben weich kochen.
- Frühlingszwiebel putzen und in feine Ringe schneiden.
- Zitrone auspressen.
- Mozzarella oder Feta in 1 Zentimeter große Würfel schneiden.
- Alles in eine Schüssel geben, Olivenöl dazu, mit Salz, Pfeffer und Kreuzkümmel würzen und gut vermischen.
- Dann Walnüsse, Sonnenblumenkerne und die gehackte Petersilie drüberstreuen.

Schaut halt mal, ob's euch schmeckt – wie der Bürgermeisterin und dem Bachmaier-Bauern – oder nicht – wie Franz und Theresa und dem Rest von Anting. Wenn's euch nicht schmeckt, ersetzt ihr Quinoa, Rote Rüben und Käse durch gekochte Kartoffeln in Scheiben, die Frühlingszwiebeln durch gewürfelte normale Zwiebeln, Zitrone durch Essig, Olivenöl durch Sonnenblumenöl und lasst alles andere außer Salz und Pfeffer weg …

6

Die langhaarigen Trachtler

Obacht: Ähnlichkeiten mit Ereignissen und Personen aus dem echten Leben sind rein zufällig und an den langen oder kurzen Haaren herbeigezogen!

Rrrrrtttrrrrrrrrrrrr, rrttrrrrrrrrrrrrr, rttrttrrrrrrrrrrr, ertönte die Trommel, dann setzte die Marschpiccolo in die Locke ein und schließlich der Ascher Sepperl mit seiner Trompete und die komplette Antinger Blaskapelle. Der Tölzer Schützenmarsch wälzte sich wie eine Welle aus Behaglichkeit und Altbekanntem über das Dorf. Franz stand in der zweiten Reihe und wartete auf den Start. Es war **Kirchweih** und da marschierte wie jedes Jahr die Antinger Blaskapelle durchs Dorf und dahinter der Antinger Trachtenverein. Egal ob Ostern, Pfingsten, Volksfestbeginn, Volksfestende oder Kirchweih – der Trachtenumzug durch Anting war gesetzt. Franz liebte diese Stimmung vor dem Anfang, wenn er aufgeregt in der zweiten Reihe stand – hinter seinem großen Bruder Seppi – und gleich losmarschieren würde. Er konnte seinen Vater, den Bauern vom Bachmaier-Hof, nicht verstehen. Der kam nur seinen Söhnen zuliebe zu diesen Trachtenumzügen.

»Des is immer desseibe, seit fuchzg Johr. Sogar der Kaninchenzüchterverein hod letzdns bestimmt, dass sie jetzt aa Hamster- und Meerschweinchenzüchter aufnehma, aber bei dem Trachtenverein, do ändert si nia nix!«

Franz war das herzlich egal. Ganz abgesehen davon, dass bei ›de Antinger‹, wie die Insider ihren Trachtenverein liebevoll nannten, mit dem Ascher Sepperl auch ein Hamsterzüchter dabei war. Für Franz war es wichtig, dass er seine blank geputzten Haferlschuhe anhatte, seine feinste Lederhosn mit den bestickten Hosenträgern, sein frisch gebügeltes Hemd und den schönen Trachtenhut mit dem **Adlerflaum**, den ihm der Opa geschenkt hatte. Franz hatte sich extra in der Früh hinter den Ohren gewaschen und seine Haare gekämmt. Jetzt konnte es losgehen. Er wartete auf den Einsatz der ersten Reihe und schritt dann stolz die Dorfstraße entlang. Unterwegs genoss er die bewundernden Blicke der Zuschauer, seine Mama jubelte ihnen zu, und Franz versuchte, ganz genau im Takt zu gehen. Bei den langsameren, ruhigeren Stellen trat er vorsichtiger auf und dann marschierte er wieder weit ausschreitend und voller Inbrunst.

Auf dem Rathausplatz angekommen, klatschte das Publikum und die Trachtler schwenkten ihre Hüte. Franz freute sich, als er Theresa und ihre Mamas in der Menge erblickte, und winkte ihnen zu. Doch ihm blieb nicht lange Zeit, denn jetzt kam das Aufregendste: Franz durfte zum ersten Mal mit Seppi und den Anger-Geschwistern etwas vorplattln, also einen **Schuhplattler** aufführen. Das ist ein Tanz, bei dem sich die Buben in einer bestimmten Choreografie auf die Oberschenkel und Schuhe klopfen, dass es nur so klatscht. Franz konzentrierte sich, er wollte

keinen Fehler machen: Arme hoch, aufstampfen, auf den Oberschenkel klatschen, auf die Schuhsohle klopfen, aufstampfen und dann wieder von vorne und das alles in einem Affentempo, bis einem ganz dappig im Kopf wird – und er schaffte es! Franz tanzte den ganzen schweren Schuhplattler, ohne nur ein einziges Mal drauszukommen. Am Ende schwitzten die Schuhplattler und hatten rote Köpfe. Seppi kam zu Franz und klopfte ihm anerkennend auf die Schulter: »Fürs erste Moi gor ned schlecht!«

Da freute sich Franz sehr, denn Seppi war der beste Schuhplattler von ganz Anting, obwohl er noch so jung war. Er hatte schon oft beim Preisplattln gewonnen. Franz wollte auch mal so gut plattln wie der Seppi und übte viel.

Nach der Aufführung gratulierten ihnen viele Antinger und auch der Vorstand vom Trachtenverein, ein älterer Mann mit **Blattn** und ziemlich rundem Gesicht namens **Orter Schos**, war zufrieden: »Seppi, du bist des Aushängeschild vo de Antinger und dei gloana Bruada kimmt ganz noch dir!«

Er schüttelte Franz mit seinem Schraubstockgriff die Hand und redete noch einiges von Stolz und Tradition und Verantwortung der jungen Generation. Franz wollte zu seiner Familie, doch der Orterer Schos hörte und hörte nicht auf zu reden. Als er kurz durch eine umfallende Tuba abgelenkt war, nutzte Franz die Gelegenheit, sich aus seinem Griff zu befreien, und flitzte zu Theresa.

»Du hast super getanzt!«, sagte die.

»Des hoaßt plattlt, aber danke!«, freute sich Franz.

»Guad, dassd mim Opa so vui gübt host«, sagte die Mama vom Franz, die auch dazugekommen war.

In dem Moment kam der Rest der Familie mit zwei großen Brezn, **Leberkas**, Senf und Apfelschorle. Für den Vater vom Franz gab's Brezn mit Senf allein, weil der seit einiger Zeit Vegetarier war. Und so standen sie zusammen, ratschten über die Schuhplattlerkünste von Seppi und Franz, freuten sich über die letzten Oktobersonnenstrahlen und dass die Blaskapelle noch den Bayerischen Defiliermarsch spielte, bis der Vater vom Franz sagte: »Aiso, i hob jetzt mei Dosis bayerisches Brauchtum für de nächsten drei Monat, i geh jetzt hoam.«

Ihm wurde bei zu viel Marschmusik und Trachtenhüten immer irgendwann heiß und er erklärte dann lang und breit, dass Bayern ja noch viel mehr sei als Lederhosn und Defiliermarsch und dass man doch auch mal eine Funk-Band durch Anting spazieren lassen könnte. Er war ein großer Fan von Funk-Musik.

Seine Frau lachte: »Ja, Sepp, de Red Hot Chili Peppers ham heid scho an Auftritt in Oberschwimmboch, de ham leider ned kenna. Jetzt verdirb de Buam doch ihrn Spaß ned.«

»Geh, Red Hot Chili Peppers head ma doch nimmer«, entgegnete er, »aber du host ja recht, Christine! Prost auf'n Seppi und an Franzl!«

Am Nachmittag – Franz und Seppi saßen in der Sonne vor dem Haus und putzten ihre Haferlschuhe wieder blank – kam Hinnerk auf seinem Mountainbike auf den Hof geradelt. Hinnerk war erst letztes Jahr mit seiner Familie von Föhr, einer nordfriesischen Insel, nach Anting gezogen. Er ging in Seppis Klasse und Franz mochte ihn sehr gerne. Er war immer so freundlich, gar nicht wie so manche große Jungs, die nichts mit Kleineren zu tun haben wollten. Hinnerk fragte Franz immer, ob er mitspielen wolle, wenn er Seppi besuchte, und er hatte Franz auch mal einen versteinerten Haifischzahn geschenkt. Den hob Franz in seiner Schatzkiste auf, gleich neben dem weit gereisten Nosnramme. Hinnerk stellte sein Mountainbike ab und kam zu Seppi und Franz: »Moin.«

Hinnerk sagte immer ›Moin‹, egal ob es in der Früh, mittags oder abends war.

»Moin, Hinnerk!«, antworteten sie, »wia geht's?«

»Gut und selbst? Ich habe euch heute beim Tanzen auf dem Dorfplatz gesehen. Das war echt cool. Is das schwer?«, fragte Hinnerk.

Seppi übernahm das Antworten: »Ja, übn muaßt scho, aber dann geht's!«

Sie redeten ein bisschen über Lederhosen und Haferlschuhe, bis Hinnerk endlich mit der Sprache rausrückte: »Sacht mal, könnt ich vielleicht mal mit euch zum Trachtenvereinstreffen kommen?«

»Zur Plattlerprob?«, fragte Franz etwas erstaunt.

»Ja, ich würd das gern lern!«, erklärte Hinnerk.

»Ja, warum ned. Du kimmst zwar ned vo do, aber plattln kon a jeda lerna«, sagte Seppi.

Und so war es abgemacht. Vor der Winterpause gab es noch eine Trachtlerprobe und zu der nahmen Seppi und Franz ihren Freund mit. Ihre Mama hatte Hinnerk vorher sogar noch mit einer fast kompletten Trachtlermontur vom Speicher ausgestattet. Nur die Schuhe fehlten, da hatte Hinnerk einfach seine Chucks an. Die Brüder waren sehr stolz, einen neuen Trachtler gefunden zu haben, denn der Orterer Schos sagte immer, dass die Antinger Nachwuchs bräuchten: »Gstandne Burschen und fesche Madln!«

Franz fand diese Aufteilung komisch, weil er die Burschen vom Trachtenverein auch ziemlich fesch fand, aber bitte. Sie stellten Hinnerk dem Orterer Schos vor und erklärten auch gleich, dass er sich natürlich noch Haferlschuhe kaufen werde.

»De Schua san ned as Problem«, sagte der Orterer Schos gar nicht nett. »De Zozn muaß a si obschnein!«

Hinnerk hatte kein Wort verstanden. Er schaute Franz und Seppi fragend an. Die sahen sich an.

»Er sagt, du musst deine Haare abschneiden«, übersetzte Seppi schließlich.

Hinnerk hatte hellblonde, gelockte Haare, die fast bis auf die Schultern fielen. Und alle Kinder im Dorf bewunderten ihn dafür. Er sah aus wie ein echter Wikinger, fanden sie. Manchmal band er sie mit einem Band zurück oder machte sich einen coolen Dutt. Daher verstanden Seppi und Franz es sofort, als Hinnerk sagte: »Bei dem piept's wohl!«

»Gäh, Orterer, des macht doch nix, de Madl ham doch aa lange Hoor«, versuchte es Franz noch mal.

»Ja, des san ja aa Madl, de miaßn lange Hoor ham«, ereiferte sich der Orterer Schos und bekam einen roten Kopf. »Aber wia schaugt des denn aus? De langa Hoor unterm Huad?«

»Aiso mir daad's gfoin«, sagte Seppi.

Das machte den Orterer Schos endgültig wütend: »Ja, weilsd du keine Ahnung host, du Zigarettenbirscherl. Und jetzt Schluss, bei de Antinger gibt's koane langa Zozn. Basta!« Und er stampfte weg.

Franz und Seppi schauten betreten zu Hinnerk.

»Macht nichts«, meinte der, »wir haben's versucht. Tschüs, bis morgen.«

Franz und Seppi schlichen auf ihre Plätze und begannen mit der Plattlerprobe, doch sie waren nicht bei der Sache. Sie machten Fehler und Franz schnackelte sogar einmal mit dem Fuß um.

Beim Abendessen erzählten sie die ganze Geschichte. Der Vater von Franz und Seppi regte sich furchtbar auf: »I sog's doch imma, diese Antinger san engstirnig und stur und gestrig. De woin, dass sie nia ned aa no des gleanste bisserl ändert. Aber so is unsa Wäid hoid ned.«

Seine Frau versuchte, ihn zu beschwichtigen: »Aber Sepp, des san doch ned olle. Des is hoid vor allem der Orterer Schos.«

So diskutierten sie noch eine Weile, bis der Seppi sagte: »Des huift doch ois dem Hinnerk ned. Mia brauchan an Plan.«

Zuerst sagte keiner was. Alle stocherten in ihrem Chili rum.

»I hob's!«, rief Franz plötzlich. »Mia, da Seppi und i, mia lossn uns einfach aa de Hoor wachsen. Uns konn der Orterer Schos ned nausschmeißen, weil mir guad plattln! Bist dabei, Seppi?«

»Eh klar!«, antwortete der mit vollem Mund.

»Des is a guade Idee!«, sagte der Bauer und grinste.

Auch der Rest der Familie war einverstanden.

Franz erzählte Theresa am nächsten Tag von ihrer Idee. Sie fragte verwundert: »Aber bis in einer Woche zur nächsten Trachtlerprobe wachsen eure Haare doch höchsten ein kleines Stück?«

»Naa«, sagte Franz, »jetzt is doch erst amoi Winterpause und de Probn fangan erst wieder im März o. In fünf Monat sigt ma schon was. Hoffentlich!«

Theresa wollte Franz helfen und sie mischten zusammen einen Batz aus Basilikum und Zitrone. Theresa hatte mal von ihrer Oma gehört, dass Basilikum und Zitrone gut für das Haarwachstum seien. Und so saßen Franz und Seppi fortan jede Woche zweimal bei Theresa in der Küche und ließen den Basilikum-Zitronen-Batz auf dem Kopf einwirken. Theresa bewirtete sie dabei wahlweise mit selbst gebackenen Marmormuffins oder Schnittlauchbrot und Himbeerlimonade oder Pfefferminztee und erzählte ihnen erfundene Geschichten. Jeden Sonntag maßen sie ihre Haare mit einem alten Holzlineal ab und schrieben die Fortschritte in ein kleines blaues Büchlein.

So verging Woche um Woche. Und Ende Februar waren die Haare schon um gute sechs Zentimeter gewachsen. Und weil sie vorher auch nicht ganz kurz gewesen waren, konnte man schon zufrieden sein.

»Richtige Zozn!«, sagte Franz und nickte. »Der Orterer Schos wead Augn macha.«

Am 4. März gingen sie zum ersten Mal wieder zur Trachtlerprobe. Theresa hatte sich inzwischen auch für den Trachtenverein angemeldet. Sie wollte unbedingt schauen, wie die Geschichte weiterging. Und so liefen sie stolz, wenn auch ziemlich aufgeregt, kurz vor sechs ins Gemeindezentrum. Ihre Eltern und der Opa hatten ihnen vorher noch viel Glück gewünscht. Theresa ging als Erste rein und ließ sich ihren Platz zeigen, Franz und Seppi schlüpften erst in den Saal, als der Orterer Schos schon mit dem CD-Player kämpfte. Zum Aufwärmen erklang,

wie immer, der Haushamer Plattler, die Kinder tanzten und der Orterer Schos ließ seinen Blick stolz über seine Nachwuchs-Antinger schweifen, freute sich, dass die Kinder die Schritte noch einigermaßen konnten, und klopfte sich in Gedanken auf die Schulter. Doch plötzlich stutzte er. Was war das? Er stürzte zum CD-Player und zog den Stecker, bekam einen hochroten Kopf und schrie: »Ja, wos soi des denn? Hob i eich ned ausdrücklich gsogt, dass' bei de Trachtler koane langa Zozn gibt?«

Alle standen da wie versteinert, sahen Franz und Seppi an und warteten, was jetzt geschehen würde. Die beiden hoben ihr Kinn und sahen dem Orterer Schos fest in die Augen. Der wurde dadurch nur noch wütender und polterte: »Wennz ihr denkts, dassz ihr mi ärgern kennts, dann hobts eich gewaltig gschnittn. Und wennz ihr denkts, dass i eich ned nausschmeißn konn, weilz ihr de besten Plattler seids, dann aa. Genau des mach i nämlich jetzt: naus mit eich!«

Franz und Seppi packten ihre Sachen und gingen. Die anderen schauten betreten. Der Orterer Schos startete den Haushamer Plattler und machte mit der Probe weiter, als wäre nichts gewesen.

Theresa erzählte Franz später, dass er aber nicht mehr ganz bei der Sache gewesen sei und den Haushamer noch dreimal angemacht habe. Sie berichtete auch, dass am Ende ein paar Kinder und Eltern versucht hatten, noch mal mit dem Orterer Schos zu reden, doch ohne Erfolg.

Vor dem Einschlafen lagen Franz und Seppi in ihrem Stockbett und erzählten die ganze Geschichte dem Opa, der ganz aufmerksam zuhörte.

»Moanst du, mia soin uns de Hoor wieder obschneidn?«, fragte der Franz. »I dua so gern plattln.«

»Jetzt warts amoi no a bisserl, vielleicht duad si ja no wos«, sagte der Opa.

Franz schlief in dieser Nacht sehr schlecht. Er träumte von riesigen Trachtenhüten, die durch die Luft flogen. Sie schwebten immer höher in den Himmel, bliesen sich auf zu prallen Ballons, platzten und fielen als lauter winzig kleine schwarze Edelweiß zu Boden. Plötzlich ging die Sonne auf, doch die rote Sonne war eigentlich der rote Kopf vom Orterer Schos, er wurde heller und heller, verwandelte sich in einen CD-Player und explodierte beim Schlussakkord des Haushamers. Da wachte Franz auf.

Einige Tage später schlüpfte Franz durch das Loch im Zaun, um mit Theresa ein bisschen **Versteckstdi** zu spielen. Er klingelte und Theresa öffnete die Tür. Franz wollte gerade fragen, ob Theresa rauskommen möchte, da sah er es: Theresas wunderschöne kastanienbraune Haare, die eigentlich bis über die Schultern fielen, waren raspelkurz abgeschnitten. Wie bei einem Igel standen sie etwa einen Zentimeter vom Kopf ab.

»Wos host'n du gmacht? Host d'Leis?«, fragte er.

Theresa lachte. Sie erinnerte sich, dass ein Junge im Kindergarten mal Läuse gehabt hatte und sich kurzerhand von seinem Papa die Haare ganz kurz schneiden ließ.

»Nein«, sagte Theresa. »So schauen jetzt einige Mädels vom Trachtenverein aus. Bei der letzten Probe hat's ohne euch gar keinen Spaß gemacht. Und da haben wir uns nach der Probe heimlich hinter der Hecke vom Gemeindehaus getroffen und überlegt, was wir machen können. Wir Mädels können uns ja nicht die Haare noch länger wachsen lassen, da haben wir beschlossen, sie abzuschneiden. Jetzt soll der Orterer Schos mal nachdenken. Wenn er alle Mädels rausschmeißt, kann er den Trachtenverein zumachen.«

»Krass!«, sagte Franz. Es hatte ihm fast die Sprache verschlagen. »Eire Eltern wern schee schimpfa!«

»Gar nicht«, sagte Theresa, »die waren ja dabei hinter der Hecke und haben mit uns überlegt.«

»Des war dei Idee, oder?«, fragte Franz Theresa.

»Nein«, antwortete Theresa, »das war die Idee von der Anna.«

Franz traute seinen Ohren nicht: »Woooos, von der Orterer Anna, dem Orterer Schos seiner Tochter? I glaab, i spinn!«

Die Orterer Anna war etwas älter als Franz und Theresa und war sonst eigentlich immer sehr darauf aus, dass alle genau in der Reihe liefen und keinen Schmarrn bei der Probe machten.

»Die Anna meinte, es reicht jetzt und man muss bei ihrem Vater manchmal zu härteren Mitteln greifen, damit er's checkt. Sie findet, ohne Seppi und Franz macht's keinen Spaß und der Hinnerk sollte auch mitmachen«, erzählte Theresa.

»Ja, Wahnsinn. Und morgen gähts ihr olle so in die Probe?«, fragte Franz.

»Ja, klar!«

»I versteck mi mim Seppi hinterm Vorhang im Gemeindesaal. Des mecht i um d'Wäid ned verpassn!«

Am nächsten Donnerstag also schlüpften Seppi und Franz schon eine halbe Stunde vor Probenbeginn in den Gemeindesaal und versteckten sich hinter dem Vorhang. Kurz vor sechs kamen dann erst die Buben, die sich inzwischen auch alle die Haare wachsen ließen, aber das sah man noch nicht wirklich. Und dann kamen die Mädels – alle mit kurzen Haaren. Der Orterer Schos kam heute ein bisschen zu spät, hetzte nach vorne, legte wie immer den Haushamer ein und drehte sich in stolzer Erwartung zu seinen Trachtlern um. Da traf ihn fast der Schlag! Er taumelte, fasste sich an den Kopf und setzte sich vor Schreck rittlings auf seinen CD-Player. Der verkraftete das Gewicht vom Orterer Schos nur kurz, dann brach er mit lautem Krachen auseinander und spielte nie mehr den Haushamer. Der Orterer Schos blickte von einem Mädchen zum anderen. Zuletzt sah er seine Tochter Anna. Er wurde bleich und murmelte: »Du aa, Anna.«

Dann rappelte er sich auf und verließ den Saal. Alle Kinder schauten zu Anna. Die sagte nur: »Der werd scho wieder. Der braucht jetzt bloß a bisserl Bedenkzeit.«

Einige Wochen später beim Osterumzug ertönte wieder die Trommel, dann die Marschpiccolo und es folgten der Ascher Sepperl und die Antinger Blaskapelle. Sie marschierten wie immer die Dorfstraße entlang. Dahinter marschierten wie immer die Antinger Trachtler. Aber sonst war nichts wie immer. In der ersten Reihe liefen der Seppi, der Anger Toni und der Hinnerk, alle mit schulterlangen Haaren. Dahinter Franz und zwei weitere Burschen – auch bei ihnen schauten lange Haare unter dem Trachtenhut hervor. Es folgten die Mädchen – alle mit kurzen Haaren. Sie winkten und sangen und schwenkten ihre Hüte und Blumenkränze.

Später am Dorfplatz interviewte eine Reporterin vom Antinger Tagblatt den Orterer Schos: »Herr Orterer, wie kommt es, dass im Antinger Trachtenverein nun die Jungs lange und die Mädchen kurze Haare haben?«

Der Orterer Schos stellte sich breitbeinig hin und sagte: »Mei, ma muaß mit da Zeit geh, des war mir ja scho immer ein Anliegen. Die Verbindung von Brauchtum und Moderne, ganz wichtig. Do setzen mia bei de Antinger do ein Zeichen. Für Bayern. Für unsere Heimat!«

Franz und Theresa standen nach dem Auftritt wie immer mit ihren Familien am Dorfplatz zusammen und ließen sich ihre Brotzeit schmecken. Diesmal waren auch Hinnerk und seine Familie dabei. Da sagte Franz zu seinem Vater: »Und, Babba, jetzt sogst nix mehr, gäi?«

Der Bachmaier-Bauer kaute seine Brezn fertig, nickte anerkennend und brummte: »Naa, jetzt sog i nix mehr. Des habts wirklich guad gmacht, olle mitanand, Seppi, Franzl, Hinnerk und du, Theresa! Reschpekt!! Jetzt gfoid ma des scho bessa. Vielleicht geh i doch no irgendwann zu de Trachtler!«

Da rief Franz: »Naa, du host vui z'kurze Hoor! Mia san nämlich jetzt ›De langhaarigen Trachtler‹!«

Anleitung zum Schuhplattln

vom Seppi, dem besten Plattler von Anting

Am einfachsten meldet man sich bei einem Trachtenverein an, da lernt man es am schnellsten. Man findet aber auch Videos dazu im Internet. Zum Ausprobieren gibt's diesen vereinfachten Plattler. Die Abfolge passt zur Melodie vom Haushamer Plattler.

Und so geht's:

Anfangshaltung für **Takt 1-4**: Füße zusammen und die rechte Hand an den rechten Hosenträger.

Takt 5:
- Mit dem rechten Fuß auf dem Boden stampfen.
- Dann mit der linken Hand auf den linken Oberschenkel klatschen.
- Dann mit der rechten Hand auf den rechten Oberschenkel klatschen.

Takt 6 wie **Takt 5**.

Takt 7:
- Linkes Bein hinter dem Körper angewinkelt anheben und mit der rechten Hand hinter dem Körper auf die linke Schuhsohle klatschen.

- Linkes Bein abstellen und mit der linken Hand auf den linken Oberschenkel klatschen.
- Dann mit der rechten Hand auf den rechten Oberschenkel klatschen.
- Dann mit der linken Hand auf den linken Oberschenkel klatschen.
- Linkes Bein vorne seitlich hochheben und den Fuß nach oben drehen, so dass man mit der rechten Hand vor dem Körper auf die linke Schuhsohle klatschen kann.
- Dann mit der linken Hand auf den linken Oberschenkel klatschen.

Takt 8:
- Rechtes Bein angewinkelt vorne anheben und nacheinander mit der rechten, der linken und wieder der rechten Hand auf den rechten Oberschenkel klatschen.

Dann **Takt 7** und **Takt 8** immer im Wechsel wiederholen.

Am Schluss in die Höhe springen, landen und mit einem Knie auf dem Boden gehen.

Viel Spaß beim Üben!

Kleines bayerisches Lexikon

Falls du noch nicht oft in Bayern warst, weißt du vielleicht nicht, was bestimmte Wörter in diesem Buch bedeuten. Deshalb erklären wir die besser mal!

Adlerflaum = traditioneller Schmuck für den Trachtenhut. Früher waren es echte Adlerfedern. Weil Adler aber heute sehr selten und streng geschützt sind, verwendet man nachgemachte Federn. Auch der Adlerflaum auf den Hüten von Franz und Seppi ist natürlich ein Imitat.

Baam und Bladl = Bäume und Blätter

Blattn = Glatze

bucklkrax = huckepack

Busserl = Bussi, Küsschen, Kuss

eine Lätschn ziehen = genervt oder beleidigt dreinschauen

glaubn = aufheben, aufsammeln

grantln = mürrisch oder schlecht gelaunt sein und deshalb herumnörgeln

Holzstoß = aufgestapeltes Brennholz

hinbenzn / benzn = betteln, quengeln, jemanden durch fortwährendes Bitten dazu bringen, etwas zu tun

Kibi = Kübel, Eimer

Kirchweih = dritter Sonntag im Oktober, an dem in vielen Teilen Bayerns ein Fest zur Weihe der Kirche gefeiert wird

Leberkas = Leberkäse, Fleischkäse, gebackene Brühwurst in Kastenform

Mauraloabi = eine bayerische Semmelart mit viel Kümmel, bei der immer zwei Semmeln zusammenkleben, sodass man sie sehr gut teilen kann

Mei, den scheich i = Oh, vor dem habe ich Angst / Respekt.

Neinerln = Kartenspiel (Anleitung auf Seite 53)

Orterer Schos = Georg Orterer

pfeigrod = ganz genau, direkt, wirklich

Pfiati = Tschüs

pfiati God = auf Wiedersehen oder auch um Himmels Willen – je nach Kontext

Schuhplattler = Tanz aus dem Ostalpenraum, bei dem die Tänzer Lederhosen tragen und sich auf die Oberschenkel und Schuhsohlen klopfen

Schupfa-Wand = Wand eines Holzschuppens

schleckern = naschen, Süßes essen und genießen

Schwammerl = Pilze

Versteckdi = Verstecken

Deutsche Originalausgabe

Text © Justina Bauer
Illustrationen © Claudia Burmeister
Projektleitung und Lektorat: Melanie Schöni, Knesebeck Verlag
Umschlaggestaltung: Leonore Höfer, Knesebeck Verlag
Satz & Herstellung: Arnold & Domnick, Leipzig
Druck: PNB Print Ltd.
Printed in Latvia

FSC www.fsc.org MIX Papier | Fördert gute Waldnutzung FSC® C084698

ISBN 978-3-95728-801-1

www.knesebeck-verlag.de